01GEJINGDIANGUSHI

温暖女孩一生的101个经典故事

上

李宗伟　阿蒙◎编著

好故事让女孩自信！

好故事让女孩坚强！

好故事让女孩出色！

U0740699

北京联合出版公司

图书在版编目（CIP）数据

温暖女孩一生的 101 个经典故事/李宗伟，阿蒙编著. —北京：北京联合出版公司，2011.4（2015.10 修订重印）

ISBN 978-7-8072-4452-3

Ⅰ. 温… Ⅱ.①李… ②阿… Ⅲ.儿童文学—故事—作品集—世界 Ⅳ. I18

中国版本图书馆 CIP 数据核字（2008）第 007088 号

温暖女孩一生的 101 个经典故事

编　　著：李宗伟　阿　蒙

责任编辑：王　巍

封面设计：燕宏林洲

图文制作：北京东方视点数据技术有限公司

北京联合出版公司出版

（北京市西城区德外大街 83 号楼 9 层　100088）

北京龙跃印务有限公司　新华书店经销

字数 150 千字　640mm×960mm　1/16　24 印张

2015 年 10 月第 2 版　第 3 次印刷

ISBN 978-7-8072-4452-3

定价：56.00 元（全二册）

目 录

自知·自信

爱心·坚毅·勤奋

智慧·诚信

自知·自信

苏格拉底的苹果

大哲学家苏格拉底曾经在学生中做过这样一个实验。

他拿起一个苹果，慢慢走过每个同学身旁，边走边说："请大家注意空气中弥漫的气味。"

然后他回到讲台，问大家："刚才大家有没有闻到什么独特的味道？"这时有一个学生站起来回答道："我闻到了苹果的味道。"

苏格拉底点点头，又走到学生中间，继续拿着苹果走过每个同学身旁，说："大家一定要集中注意力，仔细地体会空气中的味道。"

又过了一会儿，他问大家："这次大家闻到什么味道了吗？"这次有更多的同学答道："是苹果的味道，好香。"

苏格拉底再次拿着苹果走了一遍，这次再问时只有一个同学不承认闻到了苹果的味道，但他看了看其他同学，最后也改口说自己也闻到了苹果香。

　　这时，苏格拉底才说出真相："真遗憾，空气中根本不会有苹果香，因为这是一个假苹果。"

给女孩的话

　　坚持自己的观点，才是保持自我的根本方法。和别人的观点不同并没有什么，那正是你自身价值观、世界观的体现，是你自己的特色。人云亦云才是最可怕的。

水　桶

　　一个挑水夫有两只水桶，一只完好无损，一只却有个裂缝总是漏水。每次挑水夫挑两桶水从小溪边回到主人家时，其中那只漏水的桶总是漏得只剩下半桶水。

　　一年过去了，这只有裂缝的水桶终于忍不住心中的愧疚，向挑水夫表达起歉意："真是对不起，都是因为我，让你每次的努力都打了折扣。我真是没用啊。"

　　挑水夫一听，连忙摇头，笑着对水桶说："你可不是没有用处啊。你难道没有注意吗？从小溪到主人家的这条路上，你这一边的花草长得多么茂盛。这多亏了你每次路上给它们的点滴浇灌。是你让这些花草有了生命，使这条小路这么的美丽啊！你怎么能说自己没有用呢？"

　　水桶听到这番话，看到路旁娇艳的花朵，欣慰地笑了。

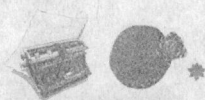

给女孩的话

　　每个人都有自己的长处和短处，不要总抓住自己的短处不放，努力地去发现自身的优点，去发扬光大。"天生我材必有用"，关键要认识到自己身上的闪光点。

东施效颦

中国古代春秋时期，在越国若耶溪的两岸住着两位姑娘。住在西岸的姑娘美貌如花，名字叫"西施"，住在东岸的姑娘不甚好看，人们叫她"东施"。

西施有心口疼的毛病，不舒服时就用手按住胸口，微皱着眉头。西施天生美丽，每次做出这番动作更让人觉得楚楚动人，使人顿生爱怜之心。

有一次，东施恰好看到西施这妩媚动人的样子。她想：怪不得大家都觉得西施美，我也可以做出这种样子啊，一定像西施一样美。于是她就模仿西施也用手捂着胸口，皱着眉头。可是她一做出这个动作，变得像得了什么重病似的，一点也不美，大家都笑话她，躲得她远远的。

她太做作啦！
真是受不了！

给女孩的话

　　盲目的模仿可能只会收到适得其反的效果。找到自己的优点，发现自己的美，做自己，自我的特色才是谁也模仿不了的。

一周的军粮

在古希腊的城邦国家时期，众多城邦之间经常发生战争，有一次，战争在雅典城邦和敌对的城邦间发生了，双方对垒了长达半年之久。

雅典城邦的总首领担心军粮支撑不了多久，于是让负责军粮的官员认真计算还有多少粮食在军库中。经过一段时间的统计，军粮官紧张地向首领汇报说：我们的粮食仅能维持一周的时间，一周以后全城的人都要挨饿，如果敌军还不撤退，全城百姓就都要活活饿死了。

一些官员听到这个消息都大惊失色，他们着急地劝总首领，与其被围困饿死，还不如早早投降来保住全城百姓的性命。可是总首领却毫不慌张，他微笑着站起来，脸上充满了自信和乐观。他对官员们说："我们还有一周的粮食可以坚持呢。在这一周中什么奇迹都可能发生。也许敌人的军粮连一周也坚持不了呢！我们还有一周的时间可以想出更好的办

法来突围！怎么能不战而降呢?"

　　事情正如总首领预测的那样，三天以后，围城的敌人开始撤退了，原来他们的军粮也消耗殆尽了，雅典城邦靠自信和希望战胜了敌人。

给女孩的话

很多困难其实并没有想象的那么大，但如果失去了自信，就必然被困难战胜。而拥有自信和乐观，奇迹很可能就在不远处。

自信的小泽征尔

小泽征尔是世界著名的音乐指挥家。在他身上曾经发生过一个举世闻名的小故事。

一次，他到欧洲参加指挥家大赛，在进行前三名决赛时，他被安排在最后一个参赛。评委交给他一张乐谱，正在演奏中，小泽征尔突然发现乐曲中有点不对劲的地方，听起来似乎不太和谐。

他心里想：咦，这是怎么回事呀。难道演奏家们演奏错了吗？要知道，他们可都是名演奏家呀。于是，他就指挥乐队停下来，让他们重新演奏一次，可仍然觉得不自然。起初，他还以为是自己的听觉出了问题。这时，在场的所有权威人士都郑重地声明说："乐谱没问题，这是你的错觉。"面对几百位国际音乐权威，小泽征尔沉思着："难道真是我判断错了吗？"他也曾经产生过不相信自己的念头。但是，经过仔细地思考，他终于坚信自己的判断是正确的，于是他大

吼一声："不！一定是乐谱错了！"这时评委向他赞许地点点头。原来这是评委们精心设计的一个"圈套"，看看小泽征尔能否在众多权威人士面前仍然坚持自己的判断。

小泽征尔胜利了，他能够胜利，是自信帮了他的大忙。

给女孩的话

　　自信的人才能获得成功。在日常生活中做到自信也许并不难，可是，面对权威，仍然坚持自己的意见，却需要更多的自信哦！我们一定要相信自己，敢于挑战权威，这样才能成为一个有作为的人。

毛遂自荐

中国古代的时候，秦国想要吞并赵国，于是派大将白起率兵攻打。赵王顿时慌了手脚，自知自身力量无力抵御秦国，他就派平原君到楚国求救。

平原君平日里招纳了三千多名门客，都是有着各式才能的人。这次前往楚国，他想挑选其中二十名随他前往，可是挑来挑去都只挑出十九名。正在平原君苦闷的时候，一个名叫毛遂的门客主动来找平原君，他推荐自己说自己的才华足以胜任这个使命。平原君对眼前这位勇敢自荐的毛遂将信将疑，因为这几年中没有看出他有什么特别的才华，但又找不出更好的人选，于是就答应了。

到了楚国，平原君无论怎样请求楚王发兵支援赵国，楚王都未答应。这时毛遂挺身而出，手按佩剑对楚王说道："秦国的白起要攻打的不仅是赵国，也包括楚国。赵国灭了，他会进而夺下楚国的都城，这将会成为对楚国最大的侮辱，

也是赵国的耻辱。现在大王如能发兵救赵，也是为了楚国啊！"毛遂这一番入情入理的劝谏打动了楚王，他立刻答应了派兵帮赵国抵御秦国。

平原君回国后，对赵王说："毛先生在楚国，维护了赵国的尊严。"赵王了解了毛遂的功绩后，委与重任，让他带领赵国军队与楚国一起抵抗秦国，在邯郸将秦军打败。毛遂因此被封为上将。

17

给女孩的话

在机会没有到来的时候，要继续努力；在时机到来的时候，要对自己的才能充满信心，勇敢站出来抓住机会。毛遂从一名无名的门客成为国家的上将，靠的不正是他的自信和对机会的把握吗？

心中的顽石

从前，一户人家的菜园里面有一块大石头，正挡在菜地边的小路上。这块大石头半截埋在地里，半截露在外面。露在外面大约有半尺多高，近两尺宽。人们走在小路上，一不留神就会被石头绊着，进进出出十分碍事。

一天，儿子到菜园里来，被石头绊了一跤，手在倒地时给碰破了。儿子生气地对爸爸说："爸爸，这块石头多碍事啊，咱们把它挖走吧！"

爸爸捧着儿子碰破的手，哄着他，说："没事，没事，上点药很快就好。这块石头啊，你别看它不大，但地下埋得深着呢。挖起来可费劲了，从你爷爷那时就想把它弄走，这不，就是不想浪费这个时间嘛。没事费这个时间挖石头，不如走路小心一点。"

儿子的手好了，挖石头的事也就慢慢地忘了。走的多了，也不觉得石头那么碍事了。

十几年过去，以前的儿子长大了，结了婚，有了儿子，也成了爸爸。菜园里的石头还是在那里，不时会绊倒没留心经过的人。

孩子渐渐长大，会走路了。一天，他走进菜园，被石头绊倒。

孩子让自己的爸爸挖走石头，以前的儿子、现在的爸爸又拿出他的爸爸告诉他的话，对孩子说："算了吧，这块石

算了吧，这块石头埋在土里的部分很大，我的爸爸告诉我这种想法是根本实现不了的！

头大得很，好挖的话我小的时候就挖走了，哪会留到现在？你走路小心一点就没事了。"

孩子心里不服气，他决心自己动手。

晚上没人的时候，孩子打了一桶水，把水倒在石头的周围。水渗进土里，土变得松软了。孩子又拿来锄头，开始刨土。土已经湿了，孩子没费什么力气就把土搅松，很快就把石头周围的土刨开了。孩子把刨松的土铲到一边。

刨啊，刨啊，不一会儿，石头松动了。再继续刨，继续把土铲出来，很快，可以摸得到石头的底部了。

原来，从爸爸的爸爸的爸爸的爸爸开始，大家就一直以为石头很"大"，很难挖。其实，石头根本没有看上去那么大！

这块在菜园里绊人绊了许多年的石头，就这样，被这个聪明又执着的小孩子给挖出来了！

给女孩的话

也许困难看上去很可怕，就像那块石头，几代人都没有尝试搬开它。

但千万不要被困难的表象所吓倒，只要你去尝试，就会发现它也许并不强大。

阻碍我们去发现、去创造的，其实，更多的是我们心里的"石头"。

一毫米的自信

保罗是一名杂技演员，最擅长的就是走钢丝。每次演出，他都会握着一根中间黑色、两端蓝白相间的长木杆作平衡，赤脚走在离地五六米的钢丝上，还能在钢丝上做腾跃动作。演出多年了，从未有过任何失误。

可是一次，长木杆被不小心折断了。团里非常重视，不惜高价找来了粗细相同、长短一致、重量也一样的木杆。直到他觉得得心应手时，团长才请油漆匠给木杆刷上与以前那根木杆相同的蓝白相间的颜色。

这是保罗用新木杆的第一次演出。他面带微笑地踏上钢丝。他接过那根蓝白相间的长木杆，开始习惯性地从左端数到第 10 个蓝块，然后用左手握住，又从右端默数到第 10 个蓝块，用右手握紧，这是他最适宜的手握距离。然而今天，他感到两手间的距离比以往的长度短了一些。他心里猛地一惊，难道木杆被截短了？不可能啊？他小心翼翼地把两手分

别向左右移动，但怎么移都觉得不合适。

　　他一下子没了自信，手心有汗沁出，身体也有些摇晃。终于，没走几步，他从空中摔了下来，折断了踝骨，表演被迫停止。事后检查，那根木杆长度并没变，只是粗心的油漆匠将蓝白色块都增长了一毫米。

给女孩的话

很多时候，影响我们成功的是内心的犹豫和不自信。相信自己的能力，相信自己的判断力，别让自己的彷徨不定断送了成功。

勇敢亮出自己

在一次培训中，一位专家被邀请进行演讲。在演讲之前，他问道："在座的都有谁喜欢经济学？"尽管听众中多数是从事经济工作的，可是没有一个人举手回答。专家苦笑着说："进行演讲之前，我还是先给大家讲个故事吧。"

"我刚到美国读书的时候，大学里经常有讲座，都是来自大公司的高级管理人员做的。很多同学都拿硬纸对折一下，在一面用颜色鲜艳的笔写下自己的名字，然后让硬纸立在自己座位前的桌面上，这样在回答问题时，演讲人就能够看名字叫人。

"一位这样做的同学告诉我，这些演讲人都来自知名企业，如果你的回答令他满意或吃惊，他就会注意到你，而那可能就意味着更多的机会。

"事实也是如此，我的确看到身边几个同学，因为见解

独到，被一个个大公司聘走。"

专家的故事讲完了，不少的听众都举起了手。

给女孩的话

不要掩埋自己的才能，在关键时刻要相信自己，要敢于亮出自己，说不定机会就会接踵而至。

爱心·坚毅·勤奋

一杯牛奶传递的爱

霍华德·凯利小的时候家里很穷，为了攒学费上学，他不得不小小年纪就挨家挨户推销商品。有一天，他几乎一件商品都没有卖出去，身无分文的他只好决定向下一户人家讨口饭吃。

开门的是一位年轻的女子，霍华德见后突然不好意思开口要饭了，只乞求要一杯水喝。女子看到他饥饿的样子，没有倒水，而是倒了一杯牛奶。霍华德喝完问道："我应该付多少钱？改日我再来送上。"女子微微一笑说："不用付钱，妈妈常教导我施以爱心，不图回报。"霍华德心中充满了感激，觉得全身都暖暖的。

十几年后，这个女子得了一种重病，当地的医生束手无策，将她转至大城市的大医院。接诊的医生恰好是霍华德·凯利。当他看到病历上病人所在的城镇的名字时，顿时闪过一个念头，他直奔病房，一眼认出了病人就是当年赠与自己

牛奶的恩人。从那天起，他就特别关照这个对他有恩的人。

　　经过艰苦努力，女子的病终于治愈了。当收到医药费通知单的时候，女子不敢睁开眼睛看，她以为医疗费会是她一辈子也偿还不完的。可是当她最后鼓足勇气，翻开医药费通知单的时候，看到的却只有一行小字："医药费已付：一杯牛奶。霍华德·凯利医生。"喜悦的泪水溢出了她的眼睛。

给女孩的话

救人于危难之时是最真的救助，犹如涟漪圈圈放大，惠及他人，也滋润着自己。

"丑女孩"莎莉

　　莎莉是家里的第二个孩子，她有一个姐姐、一个弟弟和一个妹妹。和姐妹们不同，她没有她们的一头金色的秀发和莹蓝色的眼睛，她的皮肤并不白皙，头发也是干枯而焦黄的。

　　从小，莎莉就总是听到母亲悄悄地叹息："唉，她爸，莎莉长成这个样子，以后可怎么办？"虽然年幼的莎莉自己并不知道自己的样子到底怎么，但从母亲的叹息中，从姐妹伙伴们的讥笑中，她意识到自己一定是一个很不受欢迎的人，所以，她总是独自一个人。有时候母亲会怜惜地命令姐姐妹妹带她一起出去，但是，过不了一会儿，就又剩下莎莉一个人了。

　　慢慢地，后院那片废弃的空地成了莎莉的乐园，她总是一个人在那里玩上很长时间，她会给小草拿掉咬它们的小虫，她会和蚂蚁说话，会把掉到地上的枯叶收集起来埋好。

我要把这朵花送给妈妈
做生日礼物……

她觉得在这里，自己是那么快乐，因为再也没有人在乎她的模样了。

有一天，在杂草丛中，莎莉发现了一丛鲜嫩的植物，它长得和其他的草显然不同。莎莉精心地呵护着这丛她不曾见过的绿色的生命，看着它一天天长大起来。有一天她吃惊地发现，那丛植物长出了花苞，透过花苞的包裹，隐隐地透出一丝红色。莎莉惊喜异常，心跳得自己都控制不住了。晚上，她躺在床上怎么也睡不着，真想快些看到那花苞会开出什么样的花呢。突然，雷声大作，要下大雨了，莎莉一下子从床上跳起来，拿了件雨衣飞奔出去。

第二天一早，母亲刚刚起床，打开房门的一瞬间，她呆住了，只见小莎莉手里拿着一枝红艳欲滴的鲜花站在门口，而她自己从头到脚都湿透了。莎莉看着母亲，甜甜地笑着说："妈妈，生日快乐。这是我自己的花，我不知道它是什么，但它太漂亮了，我只能用它当礼物送给您了。"

母亲的眼睛湿润了，她一下子搂住了莎莉，颤抖着声音说："谢谢你孩子，谢谢你，妈妈告诉你，这是玫瑰，妈妈还是刚认识你爸爸的时候见过，谢谢你孩子，你让妈妈这么幸福！"捧着花的莎莉见妈妈这么激动，也甜甜地笑了，此时在花的映衬下，妈妈觉得自己的这个女儿是那么美丽。

是的，我们无法决定自己的容貌，但是，我们总能让自己保有一颗充满爱的心，有爱的人是最美的。

给女孩的话

可爱的女孩是美丽的，美丽的女孩却有可能并不可爱。做个可爱的小姑娘，即使你不够漂亮，但是，拥有一颗理解爱，懂得给予的心，就会让你光彩照人。

抽水的故事

有一个年轻人在沙漠中迷失了方向，他已经连续两天没有喝到一滴水了。就在干渴难耐快要支撑不住的时候，突然，他发现不远处有个小屋。就像茫茫大海中发现了一块救命的漂浮物一样，年轻人在绝望的时候又重新找到了希望。他拖着疲惫的身体走进了小屋。他找遍了整个小屋然而却没有发现一滴水，他又一次绝望了。

这个时候，这个年轻人意外地在小屋后发现了一架抽水机。年轻人兴奋地上前抽水，然而折腾了半天连半滴水都没有抽上来。他失落地坐在地上，就在他又一次绝望的时候突然发现在抽水机旁放着一个带软木塞的瓶子，瓶子上贴着一张泛黄的纸条，纸条上写着："要想抽水上来必须用此瓶的水灌入抽水机来引水。但是不要忘了，在你离开之前请再将水瓶灌满水！"年轻人急忙打开瓶塞，发现瓶子里果然是满

哈！真的有水啦！
我能走出沙漠啦！

满的水。

　　这个时候年轻人的心中矛盾起来，他想只要将瓶中的水喝掉，他就可以活着走出沙漠；而如果照纸条上说的去做，把瓶子里的水灌入抽水机，万一抽不上水来他就会渴死在这茫茫沙漠……到底要不要冒这个险呢？

　　经过激烈的思想斗争，年轻人最终还是决定将瓶中的水全部灌入抽水机中，然后用颤抖的双手使劲地摇动抽水机——水真的大量涌了出来！年轻人喝足水后，按照纸条上说

的那样又把瓶子灌满了水，然后在原来那张纸条的后面加上了自己的留言：相信我，真的会抽出水来，在取之前，先要学会付出。

给女孩的话

送人玫瑰，手有余香。爱心不仅能帮助别人，同时也会给自己带来意想不到的结果。无论是对人还是对事，如果你希望得到，首先要懂得付出。

狮子与牧人

一头狮子在丛林中迷了路，不幸的是它的爪子又被一根长刺扎中。长刺越扎越深，不久狮子的爪子就化脓了。狮子瘸了，非常痛苦。这一天，一个牧人恰好经过丛林，狮子走上前去，摇动着尾巴，举起了爪子。牧人吓坏了，连忙把一只羊推向狮子。可狮子要的不是食物。它趴在牧人脚下，将爪子放到牧人的膝头。牧人这才看清狮子肿胀化脓的伤口，连忙掏出一把刀子，将脓肿切开，取出长刺。狮子感激地舔舔牧人的手，在他身旁待了一会儿才离开。

过了些时候，狮子被捕并被送往了竞技场，在这里犯人们会在与狮子的决斗中自生自灭。正巧那个牧人被冤枉判刑送入了这里。当狮子狂怒地扑向那个牧人时，它突然停了下来。它认出了牧人，又趴在他身边，舔起了牧人的手。牧人这才认出这是很久以前他在丛林中救过的狮子。

这时竞技场里又被放进来两头狮子，可牧人的狮子朋友

42

一直守在牧人身边，不让另外两头狮子靠近。观众都惊呆了，牧人被要求解释原因。观众听后都深为感动，要求赦免牧人，释放狮子。就这样，狮子回到了丛林，牧人也返回了家园。

给女孩的话

当别人处在危难之中时，要尽自己最大的努力给予帮助。接受了别人的帮助，要怀有一颗感恩的心。人与人之间就是一种团结互助的关系。

爱就是给予

　　这一年的圣诞节，约翰的哥哥送给他一辆漂亮的跑车。圣诞前夜，当约翰走出办公室准备回家和家人一起过圣诞的时候，他发现一个小男孩围着他的新跑车看来看去。

　　他走上前去，小男孩问道："先生，这是您的车吗?""是啊，"约翰答道，"这是我哥哥送我的礼物。""真的?"小男孩的眼中充满了羡慕："要是我也……"约翰想小男孩准是希望自己也能有这样一位哥哥，可是他听到小男孩说的却是："要是我也能做这样一位哥哥就好了。"约翰非常吃惊，又很感动，于是他问道："要不要坐我的车兜风?"小男孩高兴地答应了。

　　逛了一会后，小男孩说："可不可以麻烦您把车开到我家门口?"约翰答应了，他猜想小男孩准是想炫耀一下。车很快开到了小男孩的家门口，小男孩飞快地跑下来，冲进了家门。不一会儿小男孩扶着弟弟走了出来，他的弟弟腿有些

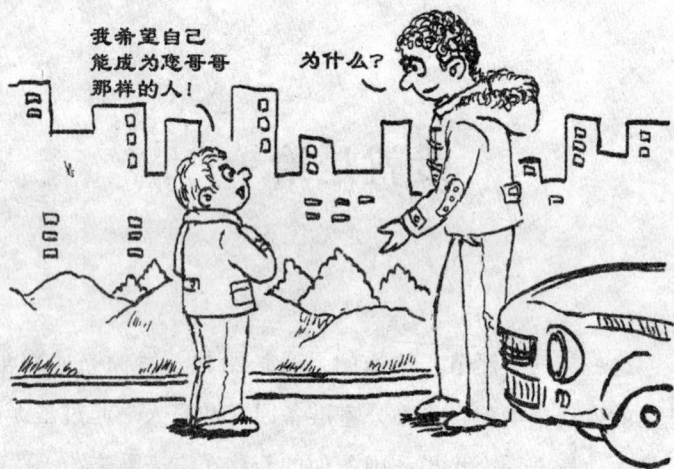

跛，走起路来很费劲。他指着跑车对弟弟说："看，是不是很漂亮。这是那位叔叔的哥哥送他的礼物。等我长大了，我也要送你一辆这样的跑车。这样你就可以去想去的任何地方了。"

约翰听后，眼睛湿润了。他走下车将小弟弟抱到车上，小男孩也感激地上了车。三个人驾车过了一个难忘的圣诞夜。

给女孩的话

其实付出爱要远比被爱更幸福，更快乐。爱就是付出，是不苛求回报的给予。给予别人，感动别人也会感动自己。

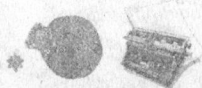

爱的回报

一个阴云密布的午后，大雨突然间倾泻而下，行人纷纷逃入就近的店铺躲雨。这时，一位浑身湿淋淋的老妇，步履蹒跚地走进费城百货商店。看着她狼狈的姿容和简朴的衣裙，所有的售货员都对她不理不睬。

只有一个年轻人热情地对她说："夫人，我能为您做点什么吗？"老妇人莞尔一笑："不用了，我在这儿躲会儿雨，马上就走。"但是，她的脸上明显露出不安的神色，因为雨水不断地从她的脚边淌到门口的地毯上。

正当她无所适从时，那个小伙子又走过来说："夫人，您一定有点累，我给您搬一把椅子放在门口，您坐着休息就是了。"两个小时后，雨过天晴，老妇人向那个年轻人道了谢，并随意地向他要了张名片，就颤巍巍地走了出去。

几个月后，费城百货公司的总经理詹姆斯收到一封信，写信人指名要求这位年轻人前往苏格兰收取装潢一整座城堡

的订单，并让他负责自己家族所属的几个大公司下一季度办公用品的采购任务。詹姆斯震惊不已，匆匆一算，只这一封信带来的利益，就相当于他们公司两年的利润总和。

当他以最快的速度与写信人取得联系后，才知道这封信是一位老妇所写，就是几个月前曾在自己商店躲雨的那位老太太——而她正是美国亿万富翁"钢铁大王"卡内基的母亲。

詹姆斯马上把这位叫菲利的年轻人推荐到公司董事会。毫无疑问，当菲利收拾好行李准备去苏格兰时，他已经是这家百货公司的合伙人了。那年，菲利22岁。

不久，菲利应邀加盟到卡内基的麾下。随后的几年中，菲利以他一贯的踏实和诚恳，成为"钢铁大王"卡内基的左膀右臂，在事业上扶摇直上、飞黄腾达，成为美国钢铁行业仅次于卡内基的灵魂人物。

夫人，您一定有点累了，坐在椅子上休息一会儿吧！

给女孩的话

看到需要帮助的人就本能地伸出援手的人，当自己有难时，通常也会及时地得到援助。善行必会衍生出另一个善行，善行终将会招来善报。

无私奉献的南丁格尔

南丁格尔是近代护理学的创始人，是"白衣天使"的先驱。她将爱心奉献给了她所护理的每一个人，赢得了人们的尊重和爱戴。

南丁格尔出生于意大利佛罗伦萨的一个英国商人家里。她的父母为人慈善，常常施舍穷人。在南丁格尔很小的时候，她就经常看到爸爸妈妈每隔一段时间就搜集大量的旧衣服、穿不了的衣服施舍给那些穷人，每到这个时候，小南丁格尔都会跟在爸爸妈妈的后面，将衣服一件一件地送到那些穷人们的手中，每当她看到那些穷人们接过她手中的衣服，一边不停地点头，一边嘴中不停地说着"谢谢，谢谢"的时候，她都会有一种满足感，因为她给别人带去了温暖。而同时，她又对这些穷人十分同情，总想尽可能多地去帮助他们。妈妈经常会教导南丁格尔说："你看，那些小朋友和你一样大，可是他们却没有你这么幸福。我们应该力所能及地

去帮助他们，你说对吗？"每次小南丁格尔都会重重地点点头。就这样，小南丁格尔在父母的这种熏陶下，渐渐地萌生了要为穷人、病人服务的想法。

在克里米亚战争爆发后，她不顾众人的反对，冒着生命危险到前线去当护士。在那里，她夜以继日地工作，不怕苦，不怕累，从不因伤员的病症而厌弃、躲避他们。为了能让那些精神空虚的伤员安定情绪，她还主动拿出钱来在医院附近为他们创建了咖啡馆、阅览室，给他们购买书籍、唱片，替他们寄信，很快她就成了病人们的知心人。南丁格尔的故事很快传开了，她在护理行业创造了奇迹。1860年，南丁格尔用公众捐助的南丁格尔基金在伦敦创建了"南丁格尔护士学校"，这是世界上第一所正式的护士学校。为了护理事业，南丁格尔终身未嫁，她把毕生的精力都用在了护理的事业上。南丁格尔逝世后，为了纪念她，人们在伦敦中心为她竖立了一尊雕像，还把她的生日——5月12日定为"国际护士节"。

给女孩的话

南丁格尔用自己无私的爱，给病人们带来了生存的希望。她就像一位天使，在人间谱写了爱的乐章。

特里萨嬷嬷

特里萨嬷嬷是享誉全球的慈善家、诺贝尔和平奖获得者。她将毕生献给为穷苦人谋福利的事业，深受全世界人民的爱戴，被誉为"善良与光明的化身"。

特里萨嬷嬷1928年来到印度开始投身于慈善事业。她救助了无数孤儿、穷人和老人，并在印度和很多国家创办了众多的学校、医院、收容所和孤儿院等。

在由特里萨嬷嬷操办的"纯洁之心"收容所里，有这样一个故事。一次，特里萨嬷嬷在垃圾堆里找到一个在高烧中浑身颤抖的老太太。她知道这个老人将不久于人世，因此将她接到收容所，尽力让她安度生命中的最后时光。后来，嬷嬷得知正是老人惟一的儿子将她扔到了垃圾堆里。特里萨一遍又一遍地劝说她原谅那残忍的儿子，为她祈祷，和她一起祈祷。渐渐地，老妇人舒展了怨恨和痛苦的眉头。最后，她平静地注视着特里萨嬷嬷的眼睛，露出了笑容——"谢谢

谢谢你!

你", 她对特里萨嬷嬷说了最后一句话, 然后神色安详地离开了人间……嬷嬷说, 那是她曾经见过的"最美丽的笑容"!特里萨嬷嬷的"纯洁之心"收容所曾经收留过69600个无家可归的垂危者, 其中半数以上的人在修女们的悉心照料下安然离世。

1992年, 联合国教科文组织将和平教育奖授予特里萨嬷嬷, 以表彰她将其一生献给解除贫困、促进和平和为正义而斗争的事业。她创建和领导的慈善机构在120个国家设立了569个服务中心, 3500名修女在其中供职。

给女孩的话

什么是爱？如何去爱？特里萨嬷嬷用自己的一生对"爱"做出了最深刻的诠释。敞开心胸，用爱心去拥抱这个世界吧，你会发现收获到的是无限的快乐和满足。

坚强的女孩喜牙

　　韩国女孩李喜牙，生下来两条腿膝盖以下残缺，而且每只手只有两个手指。应该说她能够生存下来就已经是一个奇迹了，而她现在不仅能够自理，而且成为了韩国国内知名的钢琴演奏家并且成功地在加拿大、中国的许多城市开办了音乐会，受到了人们的欢迎和称赞。

　　学习钢琴对于正常孩子都不是一件容易的事情，对于每只手只有两个手指的喜牙来说更是无异于天方夜谭。但是，喜牙的母亲不愿意孩子在残缺了肢体之外又残缺了心灵，当她发现小喜牙对音乐有特殊的天赋之后，母亲便决定在这方面培养她。母亲费了很大周折，终于用真诚感动了老师，从此，母女两个开始了艰难的学习钢琴的历程。

　　只有四个手指的喜牙要弹钢琴了，她要用四个手指完成十个手指的工作，其难度可想而知。往往，别人几个月练好的曲子，喜牙可能要用一年甚至更长的时间去完成。有很多

喜牙！了不起！

次，她的手指出血了，畸形的关节发炎了，每弹奏一个音符都会带来钻心的疼痛。小喜牙像很多的同龄孩子一样，她受不了，想放弃。但是，在母亲的督促和鼓励下，为了心底对音乐的热爱，为了母亲，她还是坚持下来了。

终于，小喜牙成功了，她的只有四个手指的双手在琴键上舞动，仿佛翻飞的蝴蝶一样，随着那手指的舞动，一首首优美的乐曲流淌进每一个听众的心里。喜牙和妈妈的故事感动了很多人，也给很多身体有残疾的人带来了鼓舞。

坚强，坚持，是喜牙给我们每个人上的生动的一课。

给女孩的话

　　女孩的生命中会遇到困难与坎坷，与男孩子一样，那是需要坚强的意志去克服的；但是，仅有一时的坚强很容易，要把这种坚强化为一种坚持却是很难。希望所有的女孩在面对困难时都能表现得既坚强又能有恒心，把这种"坚强"持之以恒。

刮骨疗毒

蜀国大将关羽与曹仁在樊城交战，右臂不幸被曹军的毒箭射伤，很快他的右臂就变得青肿麻木，活动不得。当时著名的医生华佗听说关羽箭伤不愈，就前来军营为关羽治疗。华佗赶到时，见关羽正若无其事地与马良下棋。华佗看了伤口，十分着急，说："这是毒箭所伤，箭头的毒药，快要进入骨髓了，若不早治，此臂就无用了。"关羽问："那先生要如何医治？"华佗说："我有办法，但恐你害怕。"关羽说："我视死如归，有什么可怕的？"华佗说："这个手术很痛苦，我们得找一个僻静的地方立一根木柱，钉两个铁环，把伤臂穿进环里，用绳绑好，再用布蒙着你的头，我用尖刀割开皮肉直到露出骨头，刮去骨上箭毒，缝上伤口，敷上药，就没事了。"关羽说："这还不容易，哪需要用柱环！"说完命令摆酒宴招待华佗。喝了几杯酒后，关羽一面同马良继续下棋，一面让华佗动手术。华佗割开皮肉，见骨上已经发青，

用刀在骨上刮，刮骨的声音让军帐里的人个个掩面失色，关羽却神态自若。不一会儿，毒血流了一盆。待华佗把手术全部完成，关羽起来笑着说："先生真是神医。我的手臂已经屈伸自如，毫无痛楚了。"华佗说："我一生行医，没有见过像您这样沉着坚强的人，真是大丈夫！"

给女孩的话

在没有打麻药的情况下进行外科手术，其痛苦可想而知，而关羽竟能气定神闲地边下棋边接受手术，其性格的坚强刚毅可见一斑。

黄美廉的奇迹

黄美廉，自幼患有脑性麻痹。这种疾病夺去了她肢体的平衡感，也夺去了她发声讲话的能力。她的每一个动作都是歪歪斜斜、摇摇晃晃，每次表达都只是吚吚呜呜，含糊不清。生理上的缺陷给她带来无尽的痛苦，更招来很多异样的眼光。但是她从未让这些身体上的痛苦阻碍她前进的脚步。她战胜了一切不可能，获得了加州大学艺术博士学位。

有一次在演讲中，一个学生好奇地问："黄博士，您从小就长成这个样子，您是怎么看待自己的？您没有怨恨吗？"

黄美廉听后在黑板上费力地重重地写下了这段话：我好可爱！我的腿很长很美！爸爸妈妈很爱我！我会画画！我会写稿！我有只可爱的猫！

在场的学生都被这样的答案震撼了。黄美廉最后在黑板上写下了她的结论：我只看我所有的，不看我所没有的。鸦雀无声的演讲堂里顿时响起了雷鸣般的掌声。

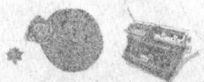

给女孩的话

　　乐观、坚强是黄美廉战胜身体的阻碍，成就非凡的关键，在任何时候都要看到生活中阳光的一面，坚定的信念和不懈的努力总会带来收获。

从废墟中站起

爱迪生是美国的大发明家，他一生发明无数，为人类做出了重大贡献。他乐观、坚强的性格更让人敬佩。

1914年12月，一场火灾袭击了爱迪生的实验室。这场火灾造成的损失超过了200万美元，爱迪生一生的心血化为灰烬，无法再挽回了。

就在火灾发生的那个晚上，在大火燃烧得最凶的那一刻，爱迪生24岁的儿子查理斯在浓烟和废墟中疯狂地寻找着父亲，他担心这场大火会让67岁的父亲崩溃，因为父亲一生的心血就此付诸东流了。可是当他找到父亲的时候，他看到的却是一个平静的老人，他静静地看着火势，他的脸在火光中闪亮，白发在风中飘荡。更让查理斯吃惊的是，父亲在看到他后说的竟然是："你母亲在哪？快把她找来，她可能一辈子都没见过这么大的火。"

第二天早上，爱迪生看着一片废墟，平静地说："灾难

也有它的价值。你看，我们以前一切的错误都被大火烧得一干二净了，这下我们可以从头再来了。"

　　火灾刚过去三个星期，爱迪生就开始着手推出他的第一部留声机了。

给女孩的话

在突如其来的灾难面前，有的人被击垮了，一蹶不振；有的人却从中看到价值，重新开始。选择坚强、乐观，一切苦难、灾难就变得不再可怕。

失聪的贝多芬

贝多芬是德国伟大的作曲家，他创作的很多作品都成为了世界音乐史上的不朽名作。可是就是这样一位作曲家却饱受生活的磨砺，他在双耳失聪的情况下创造出一曲又一曲的经典。

年仅28岁的贝多芬遭到了人生中最沉重的打击——双耳失聪。那一天贝多芬仍像平时一样在舞台上忘情地演奏。但渐渐地他发现台下观众的表情开始改变，台下也出现了小小的骚乱。他突然有股不祥的感觉。怎么每个琴键按下去都发不出声音了？他这时明白了：他再也听不到音乐了，他——一个音乐家要和音乐永别了。

回到家中他痛哭了一个晚上，可是当清晨的阳光照进房间，照在乐谱上时，贝多芬突然感觉那些音符都跳动起来，它们在贝多芬的心中依然有声音，依然能弹奏出一首首优美的乐曲。贝多芬笑了："音乐并没有远离我，它在我心中，

音乐在我心里！！
我绝不屈服于命运！

我还可以作曲，把我心中的乐曲谱出来，大家依然能欣赏。
我要扼住命运的咽喉，不能屈服于命运。"

　　一夜痛苦的思量过后，贝多芬又回到了原来那种充满自
信和活力的状态。在失去听觉的情况下，他以顽强不息的意
志进行着音乐创作。他的经典作品《命运交响曲》就是在这
个时期诞生的，被后世称为"最伟大的交响乐"。这也是贝
多芬与命运抗争的真实写照。

给女孩的话

人的一生不会总是一帆风顺，而是会经历这样或那样的逆境。是在逆境中沉沦，被命运征服，还是扼住命运的咽喉，战胜苦难？贝多芬就用他坚强的意志品质谱写了一曲伟大的命运的乐章。

居里夫人的故事

　　在世界科学史上，玛丽·居里是一个永远不朽的名字。这位伟大的女科学家，以自己的勤奋和天赋，在物理学和化学领域，都作出了杰出的贡献。爱因斯坦在评价居里夫人一生的时候说："她一生中最伟大的功绩——证明放射性元素的存在并把它们分离出来——之所以能够取得，不仅仅是靠大胆的直觉，而且也靠着难以想象的在极端困难的情况下工作的热忱和顽强。"

　　玛丽·居里就是这样一位有着坚强意志和拼搏精神的人。玛丽的童年是不幸的，她的妈妈得了严重的传染病，是大姐照顾她长大的。后来，妈妈和大姐在她不满10岁时就相继病逝了。她的生活中充满了艰难。但她从不向命运低头。

　　玛丽从小就热爱学习，从不轻易放过任何学习的机会。

从上小学开始，她每门功课都考第一。15岁时，她就以获得金奖章的优异成绩从中学毕业。她从小就十分喜爱父亲实验室中的各种仪器，长大后她又读了许多自然科学方面的书籍，这使她急切地渴望到科学世界探索。但是当时的家境不允许她去读大学。19岁那年，她开始做长期的家庭教师，同时还自修了各门功课，为将来的学业做准备。这样，直到24岁时，她终于来到巴黎大学理学院学习。她带着强烈的求知欲望，全神贯注地听每一堂课，艰苦的学习使她身体变得越来越不好，但是她的学习成绩却一直名列前茅，这不仅使同学们羡慕，也使教授们惊异，入学两年后，她充满信心地参加了物理学学士学位考试，在30名应试者中，她考了第一名。第二年，她又以第二名的优异成绩，考取了数学学士学位。

1894年初，玛丽在从事钢铁的磁性科研项目中结识了理化学校教师皮埃尔·居里。不久，他们结合了。从此他们夫妇一起，在科学的道路上不断探索，为人类的科学事业做出了一个又一个贡献。

给女孩的话

　　面对艰苦的环境，是就此沉沦，还是顽强地抬起头，向命运说"不"？居里夫人给出了明确的答案。成功不会垂青于等待的人，要用自己的力量去创造自己的命运。

海伦·凯勒

美国作家马克·吐温说过："19 世纪出了两个杰出人物，一个是拿破仑，另一个是海伦·凯勒。"拿破仑在军事和政坛叱咤风云，而海伦却是生活中的勇士，她与命运抗争，成为命运的主人。

海伦 19 个月时失去了视觉和听觉，从此她与这个世界失去了沟通。痛苦的她不知道如何排遣与世隔绝的孤独感，变得古怪、粗暴、无礼。终于有一天，莎莉文老师走进了她的生活，教她认字。她要付出比常人多几倍的汗水才能学会一个个抽象的字。有一次，莎莉文老师教她"水"这个字，但无论怎么试，海伦都是一脸茫然。莎莉文就特意把她带到水井旁，把一滴水滴到她手上，然后再拼下"水"这个字。突然间，海伦明白了这个"水"与物体水之间的关系。就这样，海伦一点一滴地吸收着知识，她心灵的眼睛睁开了，她开始和人沟通，并不断地阅读，思考。对知识的渴求，使她

在常人难以想象的单调和枯燥中竟然学会了德语、拉丁语、法语等多国语言，阅读了多部文学和哲学名著，并在 1900 年考上了一所大学。她成为世界盲、聋、哑人中唯一获大学学位的人。

给女孩的话

命运对海伦·凯勒来说是不公平的。但她之所以能取得常人难以想象的成就，是因为她的坚强和执著。没有什么苦难能阻止人前进的脚步，只要你不屈服，只要你肯奋斗。

愚公移山

很久以前，有位名叫愚公的老人，已经快90岁了，他的家门面对着太行和王屋两座大山，因此与外界交往要绕很远很远的路，极为不便。为此，他将全家人召集到一起，共同商议解决的办法。愚公提议："我们全家人齐心合力，共同来搬掉屋门前的这两座大山。"

决心既下，愚公即刻率领子孙三人挑上担子，扛起锄头，干了起来。他们砸石块，挖泥土，用藤筐将其运往渤海湾。寒来暑往，愚公祖孙很少回家休息。

有个住在河曲名叫智叟的人，看到愚公率子孙每天辛辛苦苦地挖山，感到十分可笑。他劝阻愚公说："你也真是傻冒到家了！凭着你这一大把年纪，恐怕连山上的一棵树也撼不动，你又怎么能搬走这两座山呢？"

愚公听后，不禁叹了一口气。他对智叟说："你的思想呀，简直是到了顽固不化的地步。我的确是活不了几天了。

愚公的行为
很感人!
我要助他
完成心愿!

玉帝啊,快快阻止
愚公挖走我的山吧!

可是,我死了以后有儿子,儿子又生孙子,孙子还会生儿子,这样子子孙孙生息繁衍下去,是没有穷尽的。而眼前这两座山却是再也不会长高了,只要我们坚持不懈地挖下去,还愁会挖不平吗?"面对愚公如此坚定的信念,智叟无言以对。

当山神得知这件事后,害怕愚公每日挖山不止,便去禀告玉帝。玉帝也被愚公的精神感动了,于是就派两个大力神来到人间,将这两座山给背走了。

给女孩的话

　　要想干成一番事业，就应像愚公那样充满信心，有顽强的毅力，不惧艰难险阻，坚持不懈地干下去，不达目的誓不罢休。

铁杵磨针

　　唐朝有一位大诗人李白，他小时候很贪玩，不爱学习。他的父亲为了让他成才，就把他送到学堂去读书。可是，那些经史、诸子百家的书对于小李白来说太难了，他经常偷偷跑出去玩。

　　一天，李白没有上学，来到了一条小河边。忽然他看见一位白发苍苍的老婆婆蹲在小河边的一块磨石旁，一下一下地磨一根铁棍。

　　李白好奇地问道："老婆婆，您在干什么？"

　　"我在磨针。"老婆婆一边磨一边回答。

　　"磨针！用这么粗的铁棍磨成细细的绣花针？这什么时候能磨成啊！"李白脱口而出。老婆婆抬起头，停下手，亲切地对李白说："孩子，铁棒虽粗，可挡不住我天天磨，滴水能穿石，难道铁棒就不能磨成针吗？"

　　李白听了老婆婆的话，很受感动，心想："是呀，做事

只要有恒心，不怕困难，天天坚持做，什么事都能做好。读书不也是一样吗？"想到这里，李白转身跑回了学堂。从此以后，他刻苦读书，终于成为了著名的诗人。

给女孩的话

　　"只要功夫深，铁杵也能磨成针"，"锲而不舍，金石可镂"这是千百年来流传下来的真理。做事情最忌讳朝三暮四，三心二意。只要有恒心，坚持不懈，方法又得当，就没有办不成的事。

从口吃到演讲天才

戴尔·卡耐基是美国著名的成人教育家。他曾多次进行公开演讲，教授人们处理生活以及人际关系的方法。而就是这样一位演讲天才小时候却被口吃困扰不已。

卡耐基小的时候非常自卑。矮小的身躯、夸张的大耳朵、加上口吃的毛病让他成为学校里小朋友们嘲笑的对象。他的自卑引起了母亲的注意，她鼓励卡耐基寻找身上的亮点，用出色的成绩征服那些嘲笑者。在母亲的鼓励下，卡耐基开始寻找展示自己的机会。他最终确定要在学校的演讲比赛中一试身手。

为了能够在演讲比赛中夺魁，卡耐基开始了艰苦的训练。他在口中放上两块小鹅卵石，不停地朗诵演讲稿，然后再把小石头取出来，再朗诵。如此反复让他的口齿愈加清晰。由于练的时间过久，有的时候取出的石头都沾上了红色

哈！豆芽菜！！

你看他滑稽的样子，笑死我啦！

的血迹——是石头把舌头磨破了。

然而即使这样练习，第一次参加演讲比赛的卡耐基还是失败了。而且失败的打击是接二连三的。后面参加的几次比赛卡耐基都只是尝到了失败的苦果。在这样的打击面前，卡耐基依然没有退缩，他反倒是越战越勇，除了反复地练习，他还经常总结经验教训，学习优胜者的长处，不断改进自己的演讲技巧。

　　终于，功夫不负有心人，1906 年，他获得了勒伯第青年演说家奖。从此，卡耐基逐渐成长为一名出色的演讲大师。

给女孩的话

没有任何一种成功是随随便便就会降临的。毅力是成功道路上前进的驱动力，没有毅力支撑，做事总是半途而废，是永远看不到成功的。

坚韧不拔的求职者

松下幸之助是全球著名企业松下集团的创始人，他被日本人誉为民族英雄，又被誉为世界电器之王。他的成功靠的不是运气和家庭背景，而是他坚韧不拔长期的努力。

松下幸之助事业开始之初也是一名普通的打工仔。有一次，他到一家电器厂去谋职。负责招聘的人一看到相貌平平的他就故意刁难说："太不凑巧了，我们的人事经理出差了，要三天以后才回来。而且你这副打扮太寒酸了，我们怎么能录用如此穿着的人。"

松下幸之助听后没有泄气，而是在三天以后准时又出现在这家电器厂，而且这一次，他打扮得像模像样。人事经理看了一眼他的简历，说："你好像从未接触过电器领域，我们怎么可能录用你呢？"

听到此话，松下幸之助坚定地说："我是没有这方面的经验，但我可以学，一个月以后见吧！"

这位经理说:"一个月能学到什么呢?"

松下说:"一个月不行,用两个月,两个月不行,就三个月……"

听到这样的话,这位经理被深深打动了,他对松下说:"我欣赏你的坚韧与执著,那我们就给你一次机会来试试吧。"

给女孩的话

松下幸之助就是凭借着坚韧不拔的毅力获得了这份工作，也是靠这种精神创造了松下的神话。任何时候都不要轻言放弃，坚持再坚持，就会有奇迹。

苏武牧羊

　　苏武是汉朝人。当时中原地区的汉朝和西北少数民族政权匈奴的关系时好时坏。公元前100年，匈奴政权新单于即位，汉朝皇帝为了表示友好，派遣苏武率领一百多人，带了许多财物，出使匈奴。不料，就在苏武完成了出使任务，准备返回自己的国家时，匈奴上层发生了内乱，苏武被扣留下来，并被要求背叛汉朝，臣服单于。

　　最初，单于向苏武许以丰厚的俸禄和高官，苏武严辞拒绝了。匈奴见劝说没有用，就决定用酷刑。当时正值严冬，天上下着鹅毛大雪。单于命人把苏武关入一个露天的大地窖，断绝提供食品和水，希望这样可以改变苏武的信念。时间一天天过去，苏武在地窖里受尽了折磨。渴了，他就吃一把雪；饿了，就嚼身上穿的羊皮袄。过了好几天，单于见苏武仍然没有屈服的表示，就把苏武流放到人迹罕至的贝加尔湖边，让他去牧羊。在这里，苏武与孤独寂寞为伴，但他每

天都会抚摸着汉朝的使节棒，坚定地认为总有一天他要回到
祖国。日复一日，年复一年，使节棒上面的装饰都掉光了，
苏武的头发和胡须也都变白了。

　　十九年以后，当初下命令囚禁他的匈奴单于去世了，新
单于执行与汉朝和好的政策，白发苍苍的苏武终于凭借坚定
的信仰回到了自己的国家。

给女孩的话

　　没有心中坚定的信仰和与环境斗争的毅力，苏武不可能在那样艰苦的条件下生存下来，更说不上维护民族气节了。

础石磨成泥

　　齐白石是我国著名的画家和篆刻家，他的画被奉为经典，而其篆刻作品又自成风格。可是这一切成绩的获得都是靠他辛苦的努力得来的。

　　齐白石小的时候就迷上了篆刻，方寸之间的无穷变化让他着迷，可是怎样才能刻好呢？一位老篆刻家告诉他，篆刻最需要的就是耐心，必须静下心，全神贯注，反复练习，才能将刻刀驾驭娴熟，创造出心中的想法。他让齐白石担一担础石，刻了磨，磨了再刻，直到把础石都变成泥浆。

　　齐白石照老先生的话做了。每天就是不停地刻啊刻啊，刻得不好，就把石头磨平，再刻。每次刻完一个作品，他还要反复与名家作品比对，找出自己的不足，加以改进。

　　齐白石每天刻啊，磨啊，手上都起了血泡，他全然不

顾。血泡被磨破了，鲜红的血液流入了础石上刻划下的纹路里。一层一层的血泡慢慢变成了老茧，而担子里的础石也一块一块地在减少。终于有一天，一担础石终于都化为泥浆了，齐白石的篆刻艺术也渐渐达到了炉火纯青的境地。

给女孩的话

一担化为泥浆的础石记录了齐白石不懈的努力。成绩的取得靠一分天才，还要加上九分苦练。"天道酬勤"永远是一条真理。

闻鸡起舞

祖逖和刘琨都是晋代著名的将领，两人志同道合，气意相投，都希望为国家出力，干出一番事业。

当时，西晋皇族内部互相倾轧，争权夺利，各少数民族首领乘机起兵作乱，国家安全受到严重威胁。祖逖和刘琨对此都很为焦虑。

一天半夜，祖逖在睡梦中听到远处传来的鸡叫声，便把刘琨叫醒，说："你听到鸡叫声了吗？"刘琨侧耳细听了一会，说："是啊，是鸡在啼叫。不过，半夜的鸡叫声不吉利啊！"祖逖一边起身，一面反对说："这并没有什么不吉利，而是催促我们快起床练武的叫声。"刘琨跟着穿衣起床。两人来到院子里，拔出剑来对舞，直到曙光初露。从此以后，他们每天鸡叫后就起床练剑，剑光飞舞，剑声铿锵。春去冬来，寒来暑往，从不间断。功夫不负有心人，经过长期的刻苦学习和训练，他们终于成为能文能武的全才，既能写得一

手好文章，又能带兵打胜仗。祖逖被封为镇西将军，实现了他报效国家的愿望；刘琨做了都督，兼管并、冀、幽三州的军事，也充分发挥了他的文才武略。

给女孩的话

　　要想成就一番事业，是离不开勤奋的努力的。付出超过常人的努力，就会收获不一样的结果。

苦练球技的乔丹

迈克尔·乔丹是 NBA 历史上最耀眼的明星之一，在他的带领下，他所在的芝加哥公牛队创造了无数 NBA 的奇迹，他被誉为 NBA 赛场上的篮球之神。

但是谁也想不到，这样一位篮球之神在高中的时候，竟然落选校队。迈克尔问教练自己为什么不被录取，得到的回答是他的身高优势不明显，技术也太稚嫩。可是迈克尔坚持对教练说："您让我来练球吧，我不求上场比赛，只求能和大家一起练球。我还可以帮着队员拎球袋，做好各种服务工作。"教练被迈克尔的执著所打动，破例允许他和其他队员一起训练。每次训练结束迈克尔真的去帮着擦地板，拎球袋。

迈克尔非常珍惜这个练球的机会，每次在别的队员走后，他仍会留在球场，揣摩球技，一次又一次地练习着教练说的动作要领，练习着投篮的技术。不止一次他独自一个人

付出超过常人的努力
就会有不平凡的成绩！

练累了，躺在球场的地板上就睡着了。

　　就是从跑龙套开始，迈克尔·乔丹不放弃任何一次机会，付出超过常人的努力才成就了日后成功的辉煌。

给女孩的话

　　不要只是羡慕别人的成功，任何成功背后都有辛勤的汗水。确定了自己的理想、目标后，就要坚持不懈地去奋斗。没有日复一日辛勤的苦练，就没有品尝胜利果实的一天。

国王与画家

有一个国王非常喜欢绘画作品，一日，他命人找来全国最负盛名的一位画家，对他说："我想要你把我的马画下来，就叫做骏马图吧。"画家答应了，但是提了一个条件，那就是一年以后才能交出骏马图。国王同意了。

一年很快就过去了，这一天，国王召见了这位画家。

国王说："我让你画的骏马图，应该可以拿出来让我欣赏欣赏了吧。"

画家说："马上就可以画好了。"说着，他拿出了画纸。只见他快速地在纸上勾勒描绘着，很快一匹骏马就跃然纸上，像极了国王的坐骑。

国王赞叹之余非常地诧异，他问画家："你明明可以在这么短的时间内就画完，为什么要让我等一年呢？"

画家听后，让助手搬进来成箱的画纸，打开一看，都是

一幅幅的骏马图。图中的马动作神态各异。原来，为了画好国王的骏马，画家在这一年中几乎天天都在马厩观察马，不停地练习，为了这短短几分钟惟妙惟肖地画出骏马，他整整准备了一年。

给女孩的话

　　无数次血汗的付出和不断的努力才会换来看似简单的成功表现。不要总是奢望一步登天，踏踏实实走稳每一步吧。

勤奋自学的林肯

美国的第十六任总统林肯 1809 年出生在肯塔基州一个荒凉的农场里。林肯家境贫寒，十五岁的时候才开始学字，而且要走很远的路才能到校求学。他买不起算术书，只有向别人借，再用信纸大小的纸片抄下来，然后用麻线缝合，做成一本自制的算术书。由于家务劳动繁重，他无法固定时间在校上学，只能一点一点地学知识。林肯在田里耕种的时候，也将书本带在身边，一有空闲就看书。中午吃饭时，也是一手拿着玉米饼，一手捧书。他所受的正规教育，总共加起来也不过十二个月左右。可是在这样艰苦的条件下，林肯靠勤奋自学成才。在被提名为总统候选人以后，他曾说："我能够达到这一点小成果，完全是日后应各种需要，时时自修取得的知识。"

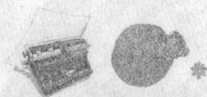

应各种需要，时时自修取得知识是我的习惯！

给女孩的话

　　林肯由一个贫穷的孩子成长为统率美国的政治家，靠的是自己不懈的努力。时间不会辜负认真利用每一分钟的人，勤奋的汗水定然会换来收获。

忘我工作的巴尔扎克

巴尔扎克是 19 世纪最伟大的现实主义作家之一，写作了包括 97 部作品的《人间喜剧》。

巴尔扎克写作十分勤奋。在 20 年的时间里，他几乎每天都工作 18 小时。他每天从半夜到中午都在写作，然后从中午到下午四点校对校样，五点钟用餐，六点钟睡觉，睡到半夜又起床工作。他写作时穿着教士的袍子，点上七支蜡烛，桌边摆着提神的黑咖啡。他三天就会用掉一瓶墨水，要更换十个笔尖。巴尔扎克写作还时常进入忘我境界。有一次，一位朋友访问巴尔扎克，见他正专心致志地写作，不忍心打搅，就坐在一旁等着。吃午餐的时候，佣人给巴尔扎克端来了饭菜，这位朋友以为是招待自己的，便把它吃了。又等了一会，见巴尔扎克还在写作，就悄悄离开了。巴尔扎克写着写着突然感到饿了，便起身找饭吃，却发现桌上摆着用过的餐具，他便责备自己："你这饭桶，吃了还想吃。"巴尔

你这饭桶,
吃了还想吃!

扎克对创作从不肯马虎了事。一部小说,他总是反复修改多遍,以至十多遍。他的小说清样从来没有干净过,而校排清样的费用,出版商都记在他的账上,但他宁可少得稿酬,也坚持修改,决不草率从事。

巴尔扎克就是这样勤奋认真地写作,最终成为文坛巨匠,登上了文学巅峰。

给女孩的话

时间对每个人来说都是公平的，而不同的人却做出不同的成绩，靠的就是对时间的利用。勤奋的人肯定会获得懒惰的人得不到的成功。

韦编三绝

孔子是我国著名的大思想家、教育家。他是春秋末期的鲁国人。

孔子小时候家境很苦，他的父亲在他三岁的时候就去世了。他小小年纪非常好学。孔子生活的时代还没有造纸术和印刷术，知识的传播靠的是竹简，就是将字刻在一个个小竹片上，再用皮绳穿起来。为了能够随时翻阅《易经》这本书，孔子就一字一字地将《易经》刻在小竹片上再穿好。他非常喜欢这部书，每天都翻阅，时间久了，皮绳都磨断了，断了就再穿起来，反复了几次，后人称之为"韦编三绝"。

孔子到了晚年还读书不辍，他还说："一个人要不停地学习，到盖上棺材的那天才算停止啊。"

孔子就是靠着这样勤奋读书的精神，饱读诗书，最终成为一代宗师。

一个人要不停地学习啊!

给女孩的话

　　勤能补拙，熟能生巧。一个人有着坚强的意志和勤奋的
精神才能取得成功。

勤奋的华罗庚

华罗庚是我国著名的数学家。少年时期的华罗庚，家境贫寒，他只读了一年多中学就辍学了，后来他取得的成就都是自学的结果。

小时候，他总是一有空就看杂志上的数学难题。买不起书的时候就去借。他看书非常快，经常是熄了灯躺在床上脑子里依然在思考数学难题，想到一个思路就又下床开始演算，就这样别人十天半个月才能看完的书，他总是一两天就看完了。华罗庚一直抱有对数学的热情，凭着自己不懈的努力，他开始撰写学术论文。就是这个没有上过大学的中学办事员，用他精彩的论文震撼了当时清华大学的熊庆来教授。他被破格邀请到清华大学。

进入清华大学后，他更加刻苦学习，而且坚持不懈。不久，因为成绩优异，他被送往剑桥大学留学。在剑桥他总是同时修很多门课，撰写了十余篇有相当水准的学术论文。

华罗庚在总结自己的成绩时这样说:"天才在于积累,聪明在于勤奋。勤能补拙是良训,一分辛苦一分才。"

给女孩的话

　　打造成功靠的不是小聪明，而是埋头苦干，是靠勤奋的努力。一分耕耘一分收获，勤奋的人总会收获成功。

智慧·诚信

黑马与白马

阿凡提是流传已久的传奇人物。他被人们看作是智慧的化身。关于他的故事有很多。有一次，国王派一位丞相和阿凡提到外地办事。阿凡提骑的是一匹黑色的老马，丞相的坐骑是一匹白色的骏马。

到了傍晚，他俩来到一个前不着村后不着店的野外，决定露宿。丞相想偷懒，就对阿凡提说："阿凡提，这里常有野兽出没，还可能会有强盗，今晚就由你来守住这两匹马吧。"

"不，我不守，你自己守吧。我的马是黑色的，夜里野兽和强盗根本看不见它。"阿凡提说。

丞相一听阿凡提说的有道理，便对他说："如果那样，我们俩把马调换一下，我的这匹白色骏马归你，你的黑色老马归我。"

阿凡提高兴地与丞相调换了马，然后对丞相说："太好

了，今夜就请您守护这两匹马吧！"

"为什么?"丞相问。

"现在您的马是黑色的了，这黑咕隆咚的深夜，您也看不清您的马是被狼吃了还是强盗盗走了。我现在的马是白色的，我一眼就能看清它是否安在。"阿凡提说完便睡觉去了。丞相只好守了一夜。

给女孩的话

转换一下思路，劣势就可能变优势。遇到问题多动脑筋，多转换几个角度来看，才是有智慧的人做的事。

智慧女孩元元

元元是一个八岁的女孩，上小学二年级。像众多的独生子女一样，她是爸爸妈妈的掌上明珠。但是和有的孩子不一样的是，她非常乐于助人，而且善于动脑子，所以和小朋友一起玩的时候，元元总是能想出一些新点子。

一个周末，元元在自己屋里写作业，爸爸妈妈做了一天的扫除，正在洗澡。时间在不知不觉中过去了，天色已经慢慢暗了下来。元元看了看窗外想，爸爸妈妈怎么还没有洗完呢？于是她打开自己的房门，觉得有一股难闻的味道，但并没有多想。她悄悄地走到浴室门外，问道："爸爸妈妈，你们洗完了没有呀，该做饭了。"浴室里静悄悄的，没有人回答她。元元觉得有些奇怪，于是推开浴室的门，眼前的景象让元元惊呆了：爸爸妈妈全都晕倒在地上了。

"爸爸，妈妈，你们醒醒啊！"元元大声呼喊着，但是，爸爸妈妈一点反应都没有。元元无助地哭了。这时，她突然

想起，上课的时候老师说过一氧化碳中毒的事，而且刚才那股难闻的气味，他们一定是煤气中毒了。

多亏天天机智又勇敢

不然她的爸爸妈妈

不知会怎么样呢！

　　元元擦了擦眼泪，她努力让自己平静下来，她记起平时爸爸告诉她遇事不要慌张。她还想起，老师在课堂上讲过，家里发生煤气中毒事件，一定要先开窗通风。元元试着打开浴室的窗户，但是，窗户太高，她够不着。她四下看了一下，见浴室墙角放着扫水的笤帚，于是，急中生智，她拿起笤帚垫起脚尖费了很大的力气，终于把浴室的窗户打开了。然后，元元又迅速离开浴室，跑到客厅，打开窗户，她拿起电话，拨打了120："阿姨，帮帮我，我爸爸妈妈煤气中毒了，我家的地址是……"

123

　　救护车来了，医生们马上展开了抢救，元元的爸爸妈妈得救了。医生说，如果再晚一会儿，元元的爸爸妈妈就没有希望了。多亏了这个机智勇敢的小姑娘。

给女孩的话

面对突然发生的灾难时不能惊慌失措，否则根本解决不了任何问题，那样只能把自己吓傻。学会让自己镇定下来，找最好的办法，向别人求助，一定会有人帮你脱离困境的。

牵 牛

　　一个老农民在村口买回一头耕牛，朝家里牵。这头耕牛的脾气很倔，死不认路，无论老农怎么用树枝打在它的身上，它也无动于衷。耕牛的鼻子被牵得扭曲了，老农也累得满头大汗，可是耕牛像块磐石一样纹丝不动。老农拗不过耕牛，只好喊来儿子帮忙。父子俩一起牵住缰绳，把牛朝前拉。耕牛也来了犟劲儿，更加愤懑地朝后退，嘴里呼呼直喘，唾液淋地，就是不服从使唤。父子俩忙了半天也没能牵动牛，尴尬得满脸通红。

　　村里的小孩子阿颖见状，赶紧前来帮忙。起初，这父子俩很不以为然：两个大男人都办不到的事情，一个小孩子家能做到吗？只见阿颖到旁边拔了一些鲜嫩的青草过来喂耕牛，却只是在耕牛的眼前不断诱惑，永远不让它吞到嘴里。很快耕牛绷紧的肌肉松弛下来，服服帖帖地跟随着阿颖朝着牛棚快速而行。父子两人在后面目瞪口呆。

爸爸，我们还真是笨呐！
阿颖的方法真灵！

是呀！

给女孩的话

遇到困难，光使蛮劲，怕是收不到好效果。变通一下，用用"巧劲"，事半功倍。

127

弹性的智慧

一个男孩在假期替一位阿姨割草打工，赚些学费。妈妈想了解一下孩子干得怎么样，就想打电话问问那位阿姨。可是男孩不让妈妈打电话，他觉得如果这样直截了当地去问，阿姨一定不会说他干得不好，妈妈也会怀疑阿姨是不是说了真话。于是他说："妈妈，让我问好了。"

妈妈把电话交给男孩，听见他问道："阿姨，您好，请问您需不需要割草？"阿姨回答说："不需要了，我已经有了割草工。"男孩子又说："我会帮助您修剪树木。"阿姨回答："我的割草工已经修剪好了。"他又说："我会帮助您把过道四周的草割齐。"阿姨说："我请的割草工全部给我弄好了，我非常满意。我暂时还不需要新的割草工。不过我还是要谢谢你。"男孩听到这里挂断了电话，朝着妈妈做起了鬼脸。

妈妈听后非常高兴，但还是问孩子："你为什么要这样问呢？"

我现在的割草工做是很好，所以暂时还不需要新的，谢谢你！

请问您需要割草工吗？

孩子自豪地回答："我只是想让你知道，我在阿姨家里做得有多好！你也听见了，阿姨说她非常满意，暂时不想要新的割草工！"妈妈不由暗暗佩服儿子的智慧。

给女孩的话

直奔主题固然简单明了，但也可能得不到最令人信服的答案。试试弹性的思维，可能有意想不到的效果呢。

石头汤

　　从前，有一个小乞丐来到一个村庄讨饭，在经历了几次拒绝后，小乞丐想出了一个好主意。他捡了一块石头，逢人便说他有一颗神奇的汤石，只要将它放进水里，就能煮出一锅美味的汤来。不信的人可以到村口来，他示范给大家看。

　　很快，村口就聚集了很多来看热闹的村民。他们都不能相信还有这样一块奇石。小乞丐借来一口锅，支起木柴，点着火，把锅架好，放进一桶水，然后将那颗捡来的石子投进锅里，然后就开始搅啊搅啊。过了些时候，他用勺子舀了一勺汤，尝了尝，兴奋地说："哇！真香啊！比我上次做的还要鲜美。不过要是能再加些洋葱就好了。"话音刚落，旁边一个村民就说："我去拿，我去拿。"不一会洋葱被拿来了，大家七手八脚地剥了放进锅里。又煮了一会，小乞丐又尝了一口："太棒了，不过，要是再有一些肉片就更完美了。"这时屠夫的妻子马上跑回家端了一盆切好的肉片放进锅里。旁

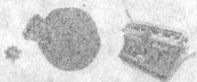

啊！太香啦！神奇的石头！

边还有人建议说再放进些蔬菜肯定更好。于是大家有的拿来了豌豆，有的拿来香菜，还有人拿了盐。很快汤变得浓稠起来，香味勾得每个人的口水都要流出来了。

　　汤煮的差不多了，小乞丐美美地喝了几大碗，肚子再也不咕咕叫了。村民们也都品尝起来，都赞叹这石头汤的美味和石头的神奇，只有小乞丐在旁边看得咯咯笑。

给女孩的话

生活就如煮汤，同样的材料，不同的人会做出不同的味道。如何用一颗普通的石头做出美味的鲜汤，就看自己的智慧了。

卖木梳给和尚

有一家公司给前来应聘营销主管的应聘者们出了一道难题：看谁能把尽量多的木梳卖给和尚。

多数应聘者在看到这个题目后都无计可施，有的人觉得这是不可能完成的任务便拂袖而去。最后剩下愿意一试的只有三个人。公司规定十日为限，十日后三人要前来汇报成果。

很快十天就过去了，这三个人来到了公司，开始了他们的汇报：

第一个人只卖出了一把木梳。他是来到寺院直接游说和尚们买木梳，不仅没有效果，还遭到和尚的责骂。就在下山途中，一个小和尚因为头皮痒在不停地挠头，他递上木梳，小和尚用后头皮不痒了，就高兴地买了把。

第二个人卖出了十把梳子。他去的寺院坐落在山腰处，

一千把梳子推销出去啦！
哈！和善梳的创意不错哦！

他发现每个来寺里进香的人的头发都被山上的风吹得乱蓬蓬的。他就对寺里的住持说："头发不整是对佛的不敬。应该在寺里的每个香案前放把木梳，供善男信女们梳理头发。"住持听后觉得有理，因为一共有十个香案，于是一共买了十把木梳。

第三个人卖出了一千把木梳。他去的寺院是一座宝刹，朝圣者来往不绝。他对住持说："来贵寺进香的人都是怀有一颗虔诚的心，宝刹应有所回赠，以做纪念，保佑其平安，

鼓励他们多做善事。我这里有一批木梳，您可以刻上'积善梳'三个字，人们必定喜欢。"住持觉得这个建议非常好，当下就买了一千把木梳。果然获赠"积善梳"的进香者都非常高兴，消息传开去，寺里的香火更旺了。

给女孩的话

卖木梳给和尚用，乍一听是不可能完成的任务。但是换个角度想，卖木梳给和尚，却并不见得要和尚来用，木梳会有其他的用场。跳出惯性思维，也许木梳并不一定只能作为梳头的用具，这个题目的答案可以很多。

刻舟求剑

战国时，有个楚国人，搭乘一条渡船过江。船到江心遇到了风浪，船身摇晃起来。这个楚人一不小心，把随身携带的一把宝剑掉到江里去了。他马上掏出一把小刀，在船舷上刻了一个记号，说："我的剑是从这儿掉下去的！"

等到渡船过江靠岸，他才从容不迫地按照他所刻的记号

下水去找剑。可是捞了半天，仍不见宝剑的影子。想想看：渡船早已走得老远了，而掉在水里的剑是不会走的。像他这样地找剑，怎么可能找到呢，他真是太糊涂了！

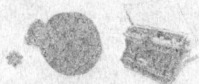

给女孩的话

　　世界上的事物，总是在不断地发展变化，人们想问题，办事情，都应当考虑到这种变化。不懂得随着情势的变化而变更自己的观念和方法，就不会获得预期的结果。

巧妙的抗议

一位国王召开迎接各国使节的招待会。会上高朋满座，人们推杯换盏，相互说笑交流着，端着各种精美菜肴的侍者们来往穿梭。

一位侍者看到了角落里一位衣着朴素的使者，心想："这一定不是哪个国家的大使，也许是大使的跟班。"于是就把最小的鱼放到了他的盘子里。

这位使者发现自己盘中的鱼是那么小小的一条，而别人盘中的都很肥大，很生气：这纯粹是以貌取人！但这位使者没有直接表示抗议，他只是将小鱼拿起来，对它嘟嘟囔囔说了一阵，又把小鱼放到耳边倾听。

这个怪异的举动引起了国王的注意，他问道："您这是做什么呀？"这位使者说："去年在东海沉了一艘船，到现在也没有打捞上来，我想问问小鱼是否知道船沉在了何处。""是吗？小鱼怎么回答的？"国王追问道。使者叹了口气说：

　　"它说它太小了，好多事都没经历过，让我问问旁边那些大鱼。"

　　国王听后哈哈大笑，一下明白了使者言外之意。马上命侍者上了一条大鱼。

给女孩的话

遇到不顺心的事，直接的发作可能并不能解决问题，试着用一种迂回的、智慧的、幽默的方式，反而会取得最佳的效果。

高斯巧断瓶中线

高斯是德国著名的数学家、物理学家和天文学家。他从小就显示出超人的智慧。当时村子里面的有些人听说他很聪明，就想出个难题来考考他。

这一天，他们拎着玻璃瓶，在街上拦住了高斯。其中一个人说："有一道难题看你能不能解。看看这瓶子，你不能打破瓶子，也不能动瓶塞，要是能把瓶中的线弄断就算你赢。"

高斯拿过瓶子，发现这是一个很薄的瓶子，里面有一根线悬着一枚硬币，线的另一端系在瓶塞上。怎么才能隔着瓶子将线弄断呢？高斯想啊想啊，真是有些难住了。就在这时，一缕阳光透过云层照射在瓶子上，"有了！"高斯高兴地叫着，说完就向家中跑去。不一会，他拿着一个放大镜回来了。他将放大镜放在阳光下，对着瓶里的棉线照着，不一会儿，只见青烟一冒，棉线断了，硬币"当"的一声落在瓶

呵！想不到他还真有办法呢！聪明！

底。旁边的人都看呆了。

高斯解释说："放大镜能聚集太阳光，照在棉线上，时间长了，受光处的温度就会升高得很快，棉线就这样被烧断了。"来测试高斯的人都心悦诚服，赞叹这孩子的智慧。

给女孩的话

　　高斯的智慧来自于平日的学习观察，更重要的是他懂得将学到的知识应用于实际问题的解决中去。其实生活中有很多智慧，要懂得去运用。

孟信卖牛

中国古代南北朝的时候，有个名叫孟信的小商人。他们一家过着窘迫的生活。一次孟信出远门做生意去了，家中断了粮，唯一的一头耕牛也得病快要死了。孟信的妻子和儿子商量，不如趁牛未死先卖掉，还能换些粮食。于是他们把牛牵到市上，以不错的价格卖给邻村一个农民，用卖牛钱买回一些粮食充饥。

孟信做完生意，赚了点钱，回到家里后，听儿子说把病牛卖了，他非常生气，当即批评说不能用病牛充好牛，提出把钱退回去，把牛牵回来。于是在孟信的坚持下，父子俩到邻村找到买牛人，退了卖牛钱，并赔礼道歉。后来这位买牛人逢人就夸孟信诚实无欺。

您真是诚实无欺啊！
好人！好人啊！

给女孩的话

　　再穷不能丢掉诚信。一个人的诚信毁之容易，建之难。要细心维护别人对自己的信任。

一诺千金

春秋时期有个楚国人名叫季布，他一生为人重义气、重承诺，答应别人的事就一定要完成，从未失信于人。因此，在楚国流传着这样一句谚语："得黄金百斤，不如得季布一诺。"

季布原本是项羽麾下的一名将军，曾经多次围困刘邦，后来项羽大败，退至乌江岸边举剑自刎；刘邦得到天下后，贴出告示悬赏千金捉拿季布，并且向世人宣告："若有胆敢在家中藏匿季布者，则罪连诛三族。"但是，人们都敬重季布，无论季布走到哪里都有人冒着连诛三族的危险保护他。后来，季布来到了河南濮阳的周氏和鲁朱家，周氏和鲁朱便千方百计找人劝服刘邦，使季布得到了特赦，并且还任用季布做了郎中，后来又升任中郎将。

季布，追兵已经走啦！
您可以出来用餐啦！

给女孩的话

言出如山。重言诺，得到的回报是多么的巨大。有了信誉的保证，人们就觉得你说的话值得信赖，也就多了对你的信任，这就意味着机会也会青睐你。

曾子杀猪

　　一个晴朗的早晨，曾子的妻子梳洗完毕，准备去集市买一些东西。她出了家门没走多远，儿子就哭喊着从身后撵了上来，吵着闹着要跟着去。孩子不大，集市离家又远，带着他很不方便。因此曾子的妻子对儿子说："你回去在家等着，我买了东西一会儿就回来。你不是爱吃酱汁烧的蹄子、猪肠炖的汤吗？我回来以后杀了猪就给你做。"这话倒也灵验。她儿子一听，立即安静下来，乖乖地望着妈妈一个人远去。

　　曾子的妻子从集市回来时，还没跨进家门就听见院子猪叫的声音。她进门一看，原来是曾子正准备杀猪。她急忙上前拦住，说道："家里只养了这几头猪，都是逢年过节时才杀的。你怎么拿我哄孩子的话当真呢？"曾子说："在小孩面前是不能撒谎的。他们年幼无知，经常从父母那里学习知识，听取教诲。如果我们现在说一些欺骗他的话，等于是教他今后去欺骗别人。虽然做母亲的一时能哄得过孩子，但是

过后他知道受了骗，就不会再相信妈妈的话。这样一来，你就很难再教育好自己的孩子了。"曾子的妻子觉得丈夫的话很有道理，于是心悦诚服地帮助曾子杀猪去毛、剔骨切肉。没过多久，曾子的妻子就为儿子做好了一顿丰盛的晚餐。

给女孩的话

做任何事情，都应言而有信，诚实无诈。说出的话就要做到，答应的事就应办到，这样才能取得别人的信任。

温暖女孩一生的 101 个经典故事

下

好故事让女孩自信！
好故事让女孩坚强！
好故事让女孩出色！

李宗伟 阿蒙 ◎ 编著

北京联合出版公司

图书在版编目（CIP）数据

温暖女孩一生的 101 个经典故事/李宗伟，阿蒙编著. —北京：北京联合出版公司，2011.4（2015.10 修订重印）

ISBN 978-7-8072-4452-3

Ⅰ. 温… Ⅱ.①李… ②阿… Ⅲ. 儿童文学—故事—作品集—世界Ⅳ. I18

中国版本图书馆 CIP 数据核字（2008）第 007088 号

温暖女孩一生的 101 个经典故事

编　　著：李宗伟　阿　蒙

责任编辑：王　巍

封面设计：燕宏林洲

图文制作：北京东方视点数据技术有限公司

北京联合出版公司出版

（北京市西城区德外大街 83 号楼 9 层　100088）

北京龙跃印务有限公司　新华书店经销

字数 150 千字　640mm×960mm　1/16　24 印张

2015 年 10 月第 2 版　第 3 次印刷

ISBN 978-7-8072-4452-3

定价：56.00 元（全二册）

目　录

智慧·诚信（续）

感恩·信念

宽容·谦虚·孝顺

其 他

商鞅变法

商鞅是中国古代秦国的大臣，秦国之所以能成为一个兼并六国的大国，商鞅变法是功不可没的。

但当时变法之前，朝政混乱，政府已失信于民，任何措施都难得到人民的支持和拥护。于是商鞅先想办法取信于民。他让人在南城门立了一根三丈长的木杆，贴出告示，谁能把它扛到北门，赏黄金十两。告示贴出后，几天都没人敢动。商鞅又命人将赏金提高到五十两，这时才有一个人抖胆想碰碰运气，于是把木杆扛到了北门，他真的得到了五十两黄金。从此人们认识到商鞅说话是算数的。商鞅在取得人民信任后，颁布了新法，新法得以顺利推行。商鞅变法巩固了秦王朝的地位，为秦始皇统一中国奠定了基础。

因你撤木杆有功，
赏黄金五千两！

给女孩的话

　　别人对你的信任，靠你在平日生活中一言一行的积累。
许诺的事就要办到，久而久之，就建立起自己的声誉。

烽火戏诸侯

周朝有个周幽王，非常残暴而腐败。他有个爱妃名叫褒姒，长得非常美丽，但是这位美丽的褒妃却难得开口一笑。为了求得爱妃一笑，周幽王悬赏道："谁要能叫娘娘一笑，就赏他一千斤金子。"于是有人献计说，我们有二十多座烽火台，只要都点起烽火，诸侯们就知道是有敌人来犯，都会急忙赶来。现在天下太平，我们点起烽火让诸侯们上一当，娘娘看到他们被戏弄的样子一定会高兴的。周幽王听后很满意，于是采纳了这个计策。

这天傍晚，周幽王带着爱妃褒姒登上城楼，命令四下点起烽火。临近的诸侯看到了烽火，以为敌人西戎族来犯，便领兵赶到城下救援，却不见敌人，只见灯火辉煌，鼓乐喧天。一打听才知是周幽王为了取乐娘娘而干的荒唐事儿，各诸侯敢怒不敢言，只好气愤地收兵回营。褒姒见状，果然淡然一笑。但事隔不久，敌人果真来犯。这一次虽然点起了烽

美人儿你终于笑啦！
本王我太高兴啦！

　　火，却无援兵赶到。原来各诸侯以为周幽王又是故伎重演。结果都城被西戎攻下，周幽王也被杀死了，从此西周灭亡了。

给女孩的话

说谎、利用别人，一次两次可能成功，但失信于人的苦果最终要自己品尝。"狼来了"的故事早已形象地说明这一点。

守 时

　　《世说新语》中有一个这样的故事：有一个叫陈太丘的人，与朋友相约中午见面，然后一齐出发到某地。中午时分，陈太丘准时到了见面地点，可是左等右等都不见朋友身影，于是他就独自上路出发了。

　　中午过后，友人匆匆赶到，发现陈太丘已经走了，非常生气。第二天，他来到陈太丘家，埋怨道："你这人做得太过分了啊，与人相约同行，却抛下别人先走了。"陈太丘的儿子恰好听到这番话，就反驳："你与我父亲相约的是中午，中午时你没有来，就是不守信用，还来骂人，真是无礼。"那位友人听了十分惭愧。不守信用，连小孩子也会嗤之以鼻。

明明是您迟到错在先，为什么反而要责怪我父亲

是，我知道是我错了~

给女孩的话

诚实守信是古人和现代人都十分重视的品质，借了钱物要归还，赴约要准时，看似小事，却都是一个人是否有诚信的表现，不能忽视。

诚实的花朵

在很久以前的一个国家里，有一位贤德的国王，国王年岁大了却没有一个继承人。他为此很苦恼，有一天，他想出了一个办法，他昭告全国："每个孩子都会得到一些花种，谁能种出最美的花朵，就由谁来继承王位。"

全国所有的孩子都得到了花种，他们每个人都精心地浇水、施肥，都渴望种出最美的花朵。

有一个小男孩每天都守护着花种，尽了最大的努力来培育它，可是日子一天天过去了，花种连芽都没有出。小男孩在妈妈的建议下又换了一盆新土重新来种，可是一样，花还是没有长出来。小男孩伤心极了，可是国王观花的日子马上就到了。

这一天，很多孩子都打扮得漂漂亮亮，端着一盆盆美丽的鲜花站在街道两旁等待国王的审阅。没想到国王越看脸色越不好，直到他注意到角落里那个端着空花盆的男孩。国王

这证明你是一个诚实的孩子！

我的花盆里一棵苗也没长！

微笑着问他："你的花呢？"小男孩说："我很努力，可是花就是没有长出来。"国王听后高兴地拉着小男孩的手，宣布："这就是我要找的继承人。"大家都很差异，怎么找一个没有培育出花的小朋友呢？国王继续说："我给大家的都是煮熟的种子，是根本种不出花来的。"听到这番话，所有捧着鲜花的孩子们都脸红了。

给女孩的话

　　诚实是任何时候都不应丢弃的美德。用撒谎的方式骗取成功，也许会获利一时，但最终会导致自食恶果。

聚焦的故事

过去，有个青年人，他工作非常刻苦，可事业上却没什么起色，于是他非常苦闷。有一天，他找到昆虫学家法布尔说："我不知疲倦地把自己的全部精力都花在了事业上，结果却收获很少，命运太不公平了。"

法布尔带着同情和赞许的感情说："看来你是一个献身科学的有志青年。"

这位青年说："是啊，我爱文学，我也爱科学，同时，对音乐和美术的兴趣也很浓，为此，我把全部时间都用上了。可是……"这个青年无奈地摇摇头。

法布尔听完，微微点点头，然后他微笑着从口袋里掏出一块凸透镜，给青年人做了一个"小实验"：当凸透镜将太阳光集中在纸上一个点的时候，很快就将这张纸点燃了。

接着，法布尔对青年说："把你的精力集中到一个点上试试看，就像这块凸透镜一样！"青年人听了恍然大悟。

给女孩的话

很多小朋友都有这样的习惯：做作业的时候听着歌，一边看书一边开着电视……听了这个故事，你就知道，做什么事都要一心一意，集中精力，这样才会有效果。

两个球的故事

　　佳佳是个聪明伶俐的小姑娘，从小到大，在她耳朵里听到的最多的话就是亲戚朋友的夸奖。在班里，她是卫生组长，负责把班里的黑板每天擦干净。佳佳常常觉得，凭自己的能力，做这个工作太轻松了，好像整天没什么事情可做似的。

　　一天，她找到班主任老师，对老师说："老师，我觉得只让我擦擦黑板太轻松了，您再多给我安排一些事情吧，我保证都能做好。"班主任老师笑眯眯地看着佳佳，说："是吗？那咱们先做一个游戏怎么样？做完游戏，咱再说工作的事。"

　　佳佳有点摸不清头脑，但是她觉得自己不会有问题的，于是爽快地答应了。老师拿来两个球，她让佳佳站到两米远的地方，对佳佳说："我把球投给你，你必须接住。"佳佳一听，更迷糊了，不过她没说什么，照着做了。老师先是丢一

个球，丢了几次佳佳都稳稳地接住了，然后，老师说："现在你要注意了，接住一个球之后，我要再给你一个球，你都要接住，拿稳。"这次有一点难度了，但是佳佳还是做到了。老师又说："现在，我把两个球同时丢给你，你看能不能都接住。"老师把两个球同时投向了佳佳，佳佳手忙脚乱起来，因为，顾得了这个，就丢了那个，试了几次都失败了。

这时，老师说："好了，佳佳，老师跟你做这个游戏的目的是告诉你，那球就好像是咱们面对的工作，我们只有干好一件之后才有可能去关注别的事，如果想同时干好几件事，那往往一件事也干不好，明白了吗？"佳佳点了点头。

给女孩的话

做事如此，学习也是如此，在同一时间专注地学好某一门课，在另外的时间专心致志地玩，这才叫作学习娱乐两不误。

一生磨一镜

在荷兰，有一个刚初中毕业的青年农民，来到一个小镇，找到了一份替镇政府看门的工作。他在这个门卫的岗位上一直工作了60多年，他一生没有离开过这个小镇，也没有再换过工作。

刚开始工作，也许是工作太清闲，他又太年轻，他得打发时间。他选择了又费时又费工的打磨镜片当自己的业余爱好。就这样，他磨呀磨，一磨就是60年。他是那样的专注和细致，锲而不舍，他的技术已经超过专业技师了，他磨出的复合镜片的放大倍数，比他们的都要高。借着他研磨的镜片，他终于发现了当时科技尚未知晓的另一个广阔的世界——微生物世界。从此，他声名大振，只有初中文化的他，被授予了在他看来是高深莫测的巴黎科学院院士的头衔，就连英国女王都到小镇拜会过他。

创造这个奇迹的小人物，就是科学史上鼎鼎大名的、活

我是长在狗尾巴毛毛上的一只可爱小家伙儿，你们能看见我都是因为有了万·列文虎克磨的镜子！

了 90 岁的荷兰科学家万·列文虎克。他老老实实地把手头上的每一个玻璃片磨好，用尽毕生的心血，致力于每一个平淡无奇的细节的完善，终于他在他的细节里看到了他的上帝，科学也在他的细节里看到了自己更广阔的前景。

给女孩的话

　　我们也应该像列文虎克那样，专注于我们所从事的每一件事，即使在你看来平淡无奇，也许你的专注也会打开一个新的世界呢。

当智慧遇到专注

比尔是个成功的作家，喜欢在闲暇时间观察鸟类。几年前，他买了一幢新房子，附近草木葱茏。入住后的第一个周末，他就在后院里装了个喂鸟器。就在当天日暮时分，一群松鼠弄倒了喂鸟器，吃掉里面的食物，把小鸟吓得四散而去。在接下来的两周里，比尔绞尽脑汁想出各种办法让松鼠远离喂鸟器，就差没有使用暴力了，但丝毫不能起作用。

万般无奈之下，他来到当地一家五金店。在那儿他找到了一种与众不同的喂鸟器，带有铁丝网，还有个让人动心的名字，叫"防松鼠喂鸟器"。这回可保万无一失，他买下它并安装在后院里。但天黑以前，松鼠又大摇大摆地光顾了"防松鼠喂鸟器"，照样把鸟儿吓跑了。

这回比尔一败涂地。他拆下喂鸟器，回到五金店，颇为气愤地要求退货。五金店的经理回答说："别着急，我会给你退货的，不过你要理解：这个世上可没有什么真正的'防

我专注面前，智慧与计谋都是徒劳的！

松鼠喂鸟器'。"比尔惊奇地问："你是不是想告诉我，我们那么多天才的科学家，他们可以实现人类飞向太空的梦想，但是却造不出来一个喂鸟器？"

"是啊，"经理说，"不过，请听我解释。"经理接着说："首先，我们平均每天花在让松鼠远离喂鸟器的时间大约是10到15分钟，而你知道那些松鼠每天花多少时间试图闯入喂鸟器吗？"

比尔想了一下，摇摇头说："我不清楚。"

"在松鼠醒着的每时每刻。"经理肯定地说。

给女孩的话

　　比尔明白了，他不是输在喂鸟器的质量上，他输，只是因为，松鼠更专注于寻食这一件事。面对专注，智慧与计谋都是徒劳的。

滴答声中的启示

一个年轻人很喜欢自我吹嘘，但他又确实是一事无成。这天，他无精打采地坐在家里，听着壁钟"滴答，滴答，滴答"走着，不知道该做些什么。四周很安静，渐渐地，钟声越来越清晰，而他也在无所事事中慢慢发现了钟声中的一些规律，那就是：虽然钟每分钟都走 60 下，但每一秒声音的强弱、大小并不一样。

从 0 秒到 30 秒，钟是在"走下坡"路，受地球重力的影响，这一段似乎走得比较轻快，因而声音也显得高昂。而从 30 秒到 60 秒，钟是在向上"爬坡"，因此比较吃力，声音也就显得微弱。

这细微的发现让年轻人颇为震惊，他忽然领悟到：人在走下坡路的时候更容易发出豪迈之声；而那些不断前进、往上攀爬的人由于专心于进步，往往比较安静，不太引人注意。这也许就是为什么自己不能成功的原因之一吧！

给女孩的话

越是做得多、知道得多的人，越是不喜欢夸夸其谈、到处卖弄。这种沉静的气质对女孩子来说更为重要。

真正的强者

美洲豹是力量和速度的象征，上帝赋予了它非凡的狩猎能力，在这方面它甚至比号称百兽之王的狮子更为优秀，它看中的那些猎物，很少能逃过它的利爪。

当然了，即使是非常优秀的猎手，也无法做到每击必中，也就是说，美洲豹也有失手的时候，而且跟所有具有捕猎能力的动物一样，它失手的时候比成功的时候要多。

这本来是很平常的事，它应该能够坦然地接受这个事实，就像接受世上有可口的食物，也有不可口的食物那样，然而事实却是，如果它连续七次出击未能成功，那么它就有可能会死掉。而造成它七次出击未获成功就会死去的原因，除了体力的消耗，最大的原因是它心灵上所受的打击，是巨大的沮丧和失落！这就是说，它是被自己"气"死的。

跟美洲豹一样，鳄鱼这位猎手也是失败多于成功，有时候甚至一年半载都得不到食物。但它非常坦然地接受了这个

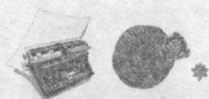

耐心！
机会会到来！

残酷的事实，毫不沮丧，毫不气馁，不以物喜，不以己悲，以异乎寻常的平和心态，养精蓄锐、励精图治，耐心地等待下一个机会。因为它明白：属于它的机会总会来临，只是时间早晚的问题。于是，当下一次机会终于来临时，它又是一条好汉，于是它一跃而起，毫不迟疑地去捕捉也许瞬间即逝的机会。它也许仍然不会成功，但它努力过了，它用它的力量，证明了它还能东山再起，证明了它是能够经受任何打击的强者！

给女孩的话

真正的强者，不在于他是否能成功，而在于他得失皆平静。

感恩·信念

一壶沙子救了我们的命！

还有一颗感恩的心

我的手指还能活动；

我的大脑还能思维；

我有终生追求的理想；

我有爱我和我爱着的亲人与朋友。

"霍金先生，卢伽雷病已经将你永久固定在轮椅上，你不认为命运让你失去很多的出路吗？"在一次学术报告后，一名记者对科学大师提出这样的问题。大师的脸上充满微笑，用他还能活动的三根手指，艰难地叩击键盘后，显示屏上出现了上面四段文字。

三根手指和一个能思维的大脑是霍金身上惟一能动的部件。这个人生的斗士，这个智慧的英雄，除了他超人的意志之外还靠什么？靠的是爱，还是高科技？没有爱他的人的照顾，卢伽雷病是不会让他活到今天的，也许他在生病之初就与世长辞了。

我的手指还能活动；
我的大脑还能思维；
我有终生追求的理想；
我有爱我和我爱着的
亲人与朋友。
还有一颗感恩的心！

　　成功的喜悦，胜利的光环，常常会令人忘乎所以，但是，我们永远不应该忘记那些帮助过自己的人。所以，这个如今完全可以骄傲地面对人生的人，他在回答完那位记者的提问后，又艰难地打出了第五句话："对了，我还有一颗感恩的心！"

给女孩的话

是的，感恩的心，对帮助过自己的人，对那些能够让自己的生命实现价值的每一件事物，我们都应怀有一颗感恩的心。它是每一个人走向成功的必须携带的一种情怀，霍金如此，我们每个人也应如此。

伍子胥知恩图报

春秋时候，吴国的大将军伍子胥带领吴国的士兵要去攻打郑国。郑国的国君郑定公说："谁能够让伍子胥把士兵带回去，不来攻打我们，我一定重重地奖赏他。"可惜没有一个人想到好办法，到了第四天早上，有个年轻的打渔郎跑来找郑定公说："我有办法让伍子胥不来攻打郑国。"郑定公一听，马上问打渔郎："你需要多少士兵和车子？"

打渔郎摇摇头说："我不用士兵和车子，也不用带食物，我只要用我这根划船的桨，就可以叫好几万的吴国士兵返回吴国。"是什么样的船桨那么厉害呀？打渔郎把船桨夹在胳肢窝下面，跑去吴国的兵营找伍子胥。

他一边唱着歌，一边敲打着船桨："芦中人，芦中人；渡过江，谁的恩？宝剑上，七星文；还给你，带在身。你今天，得意了，可记得，渔丈人？"伍子胥看到打渔郎手上的船桨，马上问他："年轻人，你是谁呀？"打渔郎回答说：

你的爸爸救了我，
我一定会报答他的，
你放心！我这就下令撤兵，
好帮你这个忙！

啊！太好了！！
我可以去领赏啦！

"你没看到我手里拿的船桨吗？我爸爸就是靠这根船桨过日子，他还用这根船桨救了你呀。"伍子胥听后说："我想起来了！以前我逃难的时候，有一个打渔的先生救过我，我一直想报答他呢！原来你是他的儿子，你怎么会来这里呢？"

打渔郎说："还不是因为你们吴国要来攻打我们郑国，我们这些打渔的人通通被叫来这里。我们的国君郑定公说只要谁能够请伍将军退兵，不来攻打郑国，他就重赏谁！希望伍将军看在我死去的爸爸曾经救过您，不要来攻打郑国，也让我回去能得到一些奖赏。"伍子胥带着感激的语气说："因为你爸爸救了我，我才能够活着当上大将军。我怎么会忘记他的恩惠呢？我一定会帮你这个忙的！"伍子胥说完，马上把吴国的士兵通通带回去。打渔郎高兴地把这个好消息告诉

郑定公。一下子，全郑国的人都把打渔郎当成了大救星，叫他"打渔的大夫"，郑定公还送给他一百里的土地呢！

伍子胥为了报答打渔郎的爸爸帮助过他，他不但不攻打郑国还让打渔郎得到奖赏，这就叫做"知恩图报"。

给女孩的话

所谓知恩图报，就是对那些帮助过我们的人，我们要记得他们的帮助，当我们有能力的时候去回报他们。

对母爱常怀感恩之心

在撒哈拉沙漠的无人区里有一只母骆驼带着几只小骆驼一路低着头，不时地停下来闻着干燥的沙子。这是骆驼在找水喝。

它们显然渴坏了，几只小骆驼无精打采地走着。在太阳的炙烤下，它们的眼睛血红血红的，看起来它们有些支撑不住了。小骆驼们紧紧地挨着骆驼妈妈，而母骆驼总是根据不同的方向驱赶孩子们走在她的阴影里。

终于，它们在一个半月形的泉边停住了。几只小骆驼兴奋异常，打着响鼻。

可是，泉水离地面太远了，站在高处的几只小骆驼不论怎么努力也无法把嘴凑到泉水边上去。骆驼妈妈显然也有些着急了，她不停地在原地转着，用大脚掌拍打着地面。可是那些小骆驼好像有些支撑不住了，他们不停地用身体拱拱骆驼妈妈，有几次，它们甚至走到泉水边想要跳下去。

　　突然，惊人的一幕发生了。那只骆驼妈妈围着她的孩子们转了几圈，然后纵身跃入深潭……水终于涨高了，小骆驼们站在泉边就可以喝到水了。而这却是它们的妈妈用生命换来的。

给女孩的话

　　是的，世上没什么爱比母爱更伟大的了，为了她的所爱，她有时可以将自己置于危险的境地，我们的母亲也如此。在我们成长的过程中，让我们时刻记住母亲给与的一点一滴的关爱，对母亲保有一颗感恩的心吧。

秀才赶考

有位秀才第三次进京赶考，住在一个经常住的店里。考试前两天他做了两个梦，第一个梦是梦到自己在墙上种白菜，第二个梦是下雨天，他戴了斗笠还打伞。

这两个梦似乎有些深意，秀才第二天就赶紧去找算命的解梦。算命的一听，连拍大腿说："你还是回家吧。你想想，高墙上种菜不是白费劲吗？戴斗笠打雨伞不是多此一举吗？"

秀才一听，心灰意冷，回店收拾包袱准备回家。店老板非常奇怪，问："不是明天才考试吗，今天你怎么就回乡了?"

秀才如此这般说了一番，店老板乐了："哟，我也会解梦的。我倒觉得，你这次一定要留下来。你想想，墙上种菜不是高种（高中）吗？戴斗笠打伞不是说明你这次有备无患吗？"

秀才一听，觉得更有道理，于是精神振奋地参加考试，居然中了个探花。

我考中啦！哈哈！
店老板解梦真灵呀！

给女孩的话

　　这个故事告诉我们，所有的事都有两个方面，当你觉得你面对重重困难，已经无路可走时，不妨换一个角度看问题，或许就会完全不一样了。主动换个角度看问题，也是一种积极的人生态度的表现。

雨靴中的花朵

二战进入到了尾声。日本广岛，刚刚经过原子弹的洗劫。

一个小树林中，许多的树上还遗留有战争的痕迹，有的树冠断了，有的枝条烧焦了，连地上的小草也难免其难，烧得一片一片露着黄土，一切都显得很破败。

在这里，一群衣衫破烂的孩子正在他们的老师的带领下上课。显然，他们的教室被炸毁了，他们只能临时把这树林当作教室。他们的老师是一位年轻的女性，虽然穿着还算整齐，但从她疲惫的眼神和苍白的脸色上我们也可以知道，她的生活非常困苦。然而，上课期间，孩子们都听得很专注。但是，最吸引人的，不是这一群对知识无比渴望的人，而是老师旁边那简陋的黑板旁边的一只雨靴，那里面，居然插着一把无名的野花，小小的花朵在那只破雨靴中开得非常美丽。

$$1 + 3 = 4$$

$$9 - 7 = 2$$

$$8 + 10 = 18$$

给女孩的话

要想成为优秀的女孩子，那么当你处于困境中，为自己插上一束小花，让自己的意志依然站立。

永远都要做到最好

20世纪30年代，英国一个不出名的小镇里，有一个叫玛格丽特的小姑娘。她从小就受到了严格的家庭教育，她的父亲要求她无论做什么事都要力争一流，永远走在别人前头，不能落后。父亲更是从不允许她说"我不能""太难了"等等这样的话。

在父亲这种近乎"严酷"的家庭教育下，玛格丽特逐渐形成了积极向上的人生态度。在她成长的过程中，她始终尽自己最大的努力，争取永远把一切做好。

玛格丽特上大学时，学校要求学五年的拉丁文课程，她凭着顽强的毅力和永远把一切做好的精神，硬是在一年内全部学完了，而且在最后的结业考试中令人难以置信地获得了优异的成绩。

另外，玛格丽特不仅学业上出类拔萃，她在体育、音乐、演讲及其他各项学校活动中一直都走在前列，她把她所

永远都做到最好，
是成功的秘诀！

做的一切都做到了最好。

　　幼年期间形成的永远都做到最好的精神对她的一生产生了重要的影响。四十多年后，她成为英国政坛上的一颗耀眼的明星，并于1979年成为英国历史上的第一位女首相，她就是撒切尔夫人。

给女孩的话

　　永远都要做到最好，永远争取第一，这是一种积极的人生态度，它可以激发你一往无前的勇气和无尽的潜力。如果拥有这种精神并且把它付诸实践，那么你一定也会拥有成功的人生。

信念是一粒种子

有一年，一支英国探险队进入撒哈拉沙漠的某个地区，在茫茫的沙海里跋涉。阳光下，漫天飞舞的风沙像炒热的铁砂一般，扑打着探险队员的面孔。口渴似炙，心急如焚——大家的水都没了。这时，探险队长拿出一只水壶，说："这里还有一壶水，但穿越沙漠前，谁也不能喝。"

一壶水，成了穿越沙漠的信念之源，成了求生的寄托目标。水壶在队员手中传递，那沉甸甸的感觉使队员们濒临绝望的脸上，又露出坚定的神色。终于，探险队顽强地走出了沙漠，挣脱了死神之手。大家喜极而泣，用颤抖的手拧开那壶支撑他们的精神之水——缓缓流出来的，却是满满的一壶沙子！

炎炎烈日下，茫茫沙漠里，真正救了他们的，又哪里是那一壶沙子呢？他们执着的信念，和由此而来的积极人生态度已经如同一粒种子，在他们心底生根发芽，最终领着他们走出了"绝境"。

一壶沙子救了我们的命！

给女孩的话

　　事实上，人生从来没有真正的绝境。无论遭受多少艰辛，无论经历多少苦难，只要一个人的心中还怀着一粒信念的种子，那么总有一天，他就能走出困境，让生命重新开花结果。

　　人生就是这样，只要种子还在，希望就在，抱有希望，以积极的人生态度面对生活，生活就会不一样了。

小乌鸦学艺

小乌鸦到了学本领的时候，它对乌鸦妈妈说："百灵鸟歌声优美，是森林里有名的歌唱家，我想拜它为师。"

乌鸦妈妈鼓励它说："只要你认真学习，总有一天，你也会成功的。"

可没过几天，小乌鸦便逃了回来。乌鸦妈妈问它为啥不学了，小乌鸦含泪对妈妈说："百灵鸟每天天不亮就催我练嗓子，连懒觉也睡不成，太辛苦了，我不想学了！"

过了几天，小乌鸦又对乌鸦妈妈说："雄鹰搏击风雨，翱翔蓝天，是大家崇拜的飞行健将，我想跟它学艺！"

乌鸦妈妈又激励它说："只要你刻苦锻炼，你的美好理想就一定能实现！"

跟雄鹰学了不到半个月，小乌鸦又偷偷地溜了回来。它又哭着对乌鸦妈妈说："像雄鹰这样经常与风雨雷电搏斗，不但太累人，还会有生命危险。我想再去拜……"

孩子啊！像你这样吃不起苦是永远也学不到东西的！

妈妈，学习太累啦！

　　乌鸦妈妈听后，叹了一口气，失望地说："孩子啊，像你这样吃不了苦，是永远学不到真本领的！"

49

给女孩的话

是的，小乌鸦在学艺过程中，面对困难，不知道再坚持一下，他就永远也学不到真本领。我们每一个人都一样，当面对困难，当学得很累想要放弃时，不妨告诉自己，再坚持一下，成功就在不远处了。

宽容·谦虚·孝顺

宽容如钻

快关门了，一位穿着破烂的男子来到了一家珠宝店，他的年龄二十岁上下。他在柜台前转悠了许久，才在手链柜台前站住了。他让营业员小姐把一条镶有钻石的手链递给自己看看。那条手链精美细致，更绝妙的是上面镶嵌着几颗亮丽的钻石，在店里灯光的照耀下熠熠生光。男子小心翼翼地看着那条手链，眼里闪着渴求的目光。

店员小姐习惯性地问到："这条手链很名贵的，做工也考究，您要买下它吗？"

男子好像自言自语。又像是在问店员："真的太漂亮了，妈妈一定会喜欢的。不过，肯定会很贵吧？"

"要三万八千元，不过，如果您真的想要，我们可以跟老板说说给您打折的。"店员看了看一直在旁边注视着他们的一位中年女子，她是店主夫人，今天刚好来店里查账。

"啊，你先去忙，让我自己再看看，再想想。"男子说。

非常感谢您，老人家，您的宽容给了我自尊！

店员张了张嘴想说什么，旁边的店主夫人示意她先去忙别的。店员便离开了。

男子拿着那条手链仔细地端详着，又在手腕上比量着，显然，他非常喜欢这条手链，但他的穿着告诉别人他根本拿不出那笔钱来。过了好一会儿，男子把手链放到柜台上，对店员说："手链我放到这里了。"然后匆匆向门口走去。

店员过来收拾那条手链，发现钻石少了一颗，她马上猜到是那名男子动了手脚，她慌忙对柜台外的店主夫人示意着，要她拦住那个人，要报警。店主夫人没有特别理会店员的示意和慌张。她从容地走到小伙子旁边，温和地对他说："先生，我是这家店的店主，好像您很喜欢那条手链？您准备买给谁呢？说不定我可以帮你参谋参谋呢。"

　　小伙子起初很是诧异而且多少有些慌乱，但很快平静下来，他始终低着头，对店主夫人说："谢谢您，那手链我确实喜欢，我母亲得了重病，恐怕没有几天了，今天是她的最后一个生日，我想买件礼物送给她，她一辈子都没戴过一件首饰呢。可是我，我……"店主夫人的眼圈红了，她忙说："你真是一个孝顺的孩子，你等等。"说完，她快步走到旁边的柜台，拿出一条与刚才那条同样的手链，递到男子手里说："这条是高仿真的，如果你不嫌弃，先把它拿去给你的母亲，至于钱，你可以分期付款，也没多少钱的。"

　　小伙子接过手链，眼里满是泪光。他深深地对店主夫人鞠了一个躬，然后，轻声问到："我可以握握您的手吗？"店主夫人大方地伸出手，男子握住她的手说："我代我母亲谢谢您。"店主夫人轻轻地说："没什么，祝你母亲早日康复。"男子走了，店主夫人发现，自己的手心里多了一颗钻石。

　　十几年过去了，店主夫人已经是一位花甲老人。这天店里来了一位中年男子，从装束上看，应该是一位成功人士了。他进门后径直走向店主夫人，深深地鞠躬，道："老人家，您还记得我吗？十几年前，我在您这里做了一件错事，可您用您的宽容给了我自尊，也给了我生存下去的方向。我是特意来谢谢您的。"

给女孩的话

是的，有时候对别人的宽容，真的比一颗钻石还要珍贵。

负荆请罪

　　战国时期，赵国和秦国是死对头，经常在政治上、外交上进行较量，但是赵国也不是一个可以一下子吞下去的弱国。秦国于是就处处等待着时机。有一次，秦国想要占有赵国的传国之宝和氏璧，朝廷上的大臣都没有办法，大将军廉颇主张和秦国打一仗，但兵力不足又没有必胜的把握；把和氏璧送给秦国吧，既不甘心，又可能让秦国得寸进尺。赵国有一个聪明的人叫蔺相如，他在关键时刻挺身而出，带着和氏璧出使秦国，依靠自己的勇敢和才智，不仅保住了和氏璧，也为赵国赢得了尊严。

　　蔺相如因为"完璧归赵"有功而被封为上卿，官位在廉颇之上。廉颇是赵国的老将军，作战非常勇猛，在当时秦国都很怕他。廉颇见蔺相如被封了官很不服气，说："我为赵国立过赫赫战功，蔺相如那小子凭借一张巧嘴就比我做的官还大，我怎么会服气！"并且扬言要当面羞辱蔺相如。

　　蔺相如得知后，尽量回避、容让，不与廉颇发生冲突。

啊呀! 廉大将军快快请起!

蔺相如的门客朋友以为他畏惧廉颇,纷纷对他说:"我们没有想到您是这么的胆小怕事,我们真是白交了您这个朋友。"然而蔺相如问道:"你们觉得廉颇和秦王相比,哪一个更厉害呢?"门客纷纷说:"当然是秦王了,他拥有一个国家,拥有至高无上的权利。"蔺相如说:"不错,但是凭借秦王的威风,我尚且不怕他,而且在他的朝堂上当众羞辱他,一位廉将军我又怎么会害怕呢? 只不过我想,秦国之所以不敢加兵攻打我们,就是因为我们赵国武有廉颇,文有蔺相如。我对廉将军的退让,是因为我把国家的危难放在第一位,而把个人的仇怨放在后面啊。"这话被廉颇知道了,他感到非常的惭愧,而且对蔺相如的宽容非常地敬佩,于是就背着荆条到蔺相如府中谢罪,两个人从此成为了好朋友,他们一起保卫了赵国的安宁。这就是"负荆请罪"的故事。

给女孩的话

这个故事告诉我们，遇事要以大局为重，对人要以宽容为主。

李斯特义收学员

李斯特是十九世纪匈牙利著名的作曲家，钢琴演奏家。当时，广大的音乐爱好者如果听不上李斯特的演奏，就是听听他的学生的演奏也很荣幸。由此可见李斯特的声望是很高的。

有一次，李斯特到德国访问演出，晚餐后他出去散步，在一家音乐厅的门口，他看到一张很大的海报，海报上赫然印着：李斯特得意门生波尔娜独奏音乐会。李斯特感到有些诧异，因为，他不记得自己有一个叫波尔娜的学生，而且是在德国。这里面一定有什么秘密，他决定要把事情弄清楚。

第二天，李斯特早早来到音乐厅，他径直走到了后台，一位金发姑娘从钢琴前站起来，礼貌地对他说："先生，您有什么事吗？如果要听音乐会，您到前面等一会儿吧，还有半个多小时就开始了。"

李斯特上下打量着眼前的姑娘，她长得不算漂亮，而且

啊！我太感动啦！

我现在已经是我的学生了，今晚我为大家演奏最后一曲！

显得疲惫而憔悴。李斯特笑笑，说："你就是波尔娜吧，我是弗朗兹·李斯特。"姑娘听后先是吃惊地瞪大了眼睛，然后，惊恐万状地说："真的吗？真的是您吗？我，我实在是对不起您……"李斯特打断姑娘的道歉，和蔼地说："别紧张，能不能先把你的情况说一下，冒充我的学生这是为什么？"

姑娘的情绪慢慢缓和下来，她流着泪对李斯特说起了自己的身世。原来，姑娘是一个孤儿，父母在她十几岁的时候相继去世了，但是她对音乐有着超乎寻常的热爱，她利用父母留下的一点微薄的遗产到音乐学校学习。她刻苦努力，进步很快，上课之余，就到教堂弹琴赚钱养活自己。几年过去了，今年她靠自己的努力考取了柏林音乐学院，但是高昂的

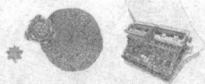

学费让她很是头疼。实在没办法了，才想出了这么一个主意。

"不管怎样，我的做法都是不道德的，我没有办法请您原谅我，我这就去找音乐厅经理，澄清这个事实，并向观众和您道歉。"姑娘真诚地说着。

李斯特沉吟了一下说："让我们看看还有什么别的办法没有。"他想了一下说："你把今天要演奏的曲子弹给我听听吧。"姑娘坐下来，手抚琴键开始演奏了，琴声悠扬而美妙。一曲弹完，李斯特指出了姑娘弹奏中的几个瑕疵，然后对她说："大胆地上台演奏，你现在已是我的学生。你可以向剧场经理宣布，晚会最后一个节目，由你的老师——我为大家演奏。"姑娘听了，流下了感激的热泪。

那晚的演出非常成功，因为李斯特的出现，更因为李斯特用他的宽容使那晚的音乐更加美好了。

钉　子

　　有一个男孩有着很坏的脾气，于是他的父亲就给了他一袋钉子，并且告诉他，每当他发脾气的时候就钉一根钉子在后院的篱笆上。小男孩不明白父亲为什么要这样做，但是他照着做了。

　　第一天，这个男孩钉下了 37 根钉子。第二天，他钉的钉子少了两根。慢慢地每天钉下的数量都在逐渐减少。因为，他发现控制自己的脾气要比钉下那些钉子来得容易些。时间慢慢过去，终于有一天这个男孩发现自己再也不会失去耐性乱发脾气了，他明白了父亲的用心。他把这件事告诉了父亲，父亲说："孩子，你能明白这一点真的太好了，那么，从明天开始，每当你能控制自己的脾气的时候，就拔出一根钉子吧。"

　　小男孩照着做了，一天天地过去了，最后男孩告诉父亲，他终于把所有钉子都拔出来了。

64

不管你说了多少次对不起，
那个伤口将永远存在！！

父亲拉着他的手来到后院的篱笆边，对他说："你做得很好，我的好孩子。但是看看那些围篱上的洞，这些围篱将永远不能恢复成从前。你生气的时候说的话将像这些钉子一样留下疤痕。如果你拿刀子捅别人一刀，不管你说了多少次对不起，那个伤口将永远存在。话语的伤痛就像真实的伤痛一样令人无法承受。"

给女孩的话

孩子明白了，遇到事情的时候，应该首先有一颗宽容之心，这比给别人带来伤害之后的道歉更有用。

谦虚的杰弗逊

托马斯·杰弗逊是美国第三任总统。1785年他接替富兰克林担任住法大使。一天，他去法国外长的公寓拜访。

法国外长问："您代替了富兰克林先生？"

"是接替他，没有人能够代替得了他。"杰弗逊回答说。

法国外长对他的回答很是敬佩。

富兰克林是美国建国时期的伟大人物，他主持了美国历史上著名的《独立宣言》的拟定，是著名的实业家、科学家、社会活动家、思想家和外交家。也是美国独立后第一任驻法大使。由于他在美国独立过程中的突出贡献，他被美国人尊为"美国之父"。在这个意义上说，确实没有人代替得了他。但是更值得我们学习的是托马斯·杰弗逊的谦虚美德，其实，他和富兰克林一样，也是美国建国时期的伟大人物，他和富兰克林双峰并峙，交相辉映，又互相尊重，亲密合作，流传千古的《独立宣言》就是由杰弗逊执笔经富兰克林审核的。

给女孩的话

正是杰弗逊这份谦虚的美德成就了他，使他成为美国历史上一位著名的总统。

谦虚的价值

一个人寄了许多履历表到一些贸易公司应聘。其中有一家公司写了一封信给他："虽然你自认文采很好，但是从你的来信中，我们发现你的文章写得很差，而且文法上也有许多的错误。"他非常生气，但转念又一想：对方可能说得对，或许自己在文法及用词上犯了错误，却一直不知道。于是他写了一张感谢卡给这个公司。

然后，他又开始忙着找工作，可是让他感到意外的是，几天后，他再次收到那家公司的信函，通知他被录用了。人事部经理告诉他，正是他的感谢信让大家觉得，他是一位谦虚的人，这种美德为他赢得了信任。你一定要明白，人们都喜欢谦虚的人，而不愿意与自以为是的人为伍。

我被公司录取啦！哈！

给女孩的话

只有谦虚才能学得更多的知识，人外有人，天外有天，我们懂得的一切都没有什么了不起的，更不要说好为人师了。

一个人有才能是件值得佩服的事，如果再能用谦虚的美德来装饰，那就更值得敬佩了。

任何人潜意识里都是争强好胜的，自负是人的本性之一。你的自我表现和炫耀往往会刺伤别人，谦虚正是使你人际交往中受欢迎的有效方法。

孔子的故事

　　孔子谈谦虚，在《论语》中是屡见不鲜的。他的弟子子路性格直率，过于鲁莽，很多时候也表现得不够谦虚，孔子常常批评他。有一次，子路、曾晳、冉有、公西华四个人陪孔子闲坐，孔子说："你们平时总是说：'没有人知道我呀！'假如有人知道了你们，你们打算怎么办呢？"子路急忙回答说："一个只拥有一千辆兵车，处在大国之间，再加上外国军队的侵犯，甚至还赶上荒年的国家，如果让我去治理，只需用三年的功夫，我就可以使人人勇敢善战，而且还懂得作人的道理。"孔子听了以"哂之"（微微一笑）表示对他的批评。孔子说："治理国家要讲礼让，可是，子路说话却一点不谦让，怎么能治理好国家呢？"

　　还有一次，孔子带着几个学生到庙里去祭祀，刚进庙门就看见座位上放着一个引人注目的器具，据说这是一种盛酒

你们要用退让的办法来减少自满！

的祭器。学生们看了觉得新奇，纷纷提出疑问。孔子没有回答，却问寺庙里的人："请问您，这是什么器具啊?"守庙的人一见这人谦虚有礼，也恭敬地说："先生，这是放在座位右边的器具呀!"于是孔子仔细端详着那器，口中不断重复念着："座右"、"座右"，然后对学生们说："放在座位右边的器具，当它空着的时候是倾斜的，装一半水时，就变正了，而装满水呢? 它就会倾覆。"听了老师的话，学生们都以惊异的目光看着他，然后又看着那新奇的器。孔子看出大家的心思，和蔼地问大家："你们有点不相信吗? 咱们还是提点水放到器里试试吧!"说着学生们就打来了水。往器里倒了一半水时，那器具果然就正了。孔子立刻对他们说："看见了吧，这不是正了吗?"大家点点头。他又让学生继续往器具里倒水，器具中刚装满了水就倾倒了。孔子赶忙告诉他们："倾倒是因为水满所致啊!"

　　那位直率的子路率先发问："难道没法子让它不倾倒吗?"孔子深深地望了大家一眼,语重心长地说:"世上绝顶聪明的人,应当用持重(举动谨慎稳重)保持自己的聪明;功誉天下的人,应当用谦虚保持他的功劳;勇敢无双的人,应当用谨慎保持他的本领。这就是说要用退让的办法来减少自满。"学生们听了这含义深刻的话语都被深深地打动了。

给女孩的话

孔子作为我国古代伟大的教育家、思想家，他给我们留下的这些关于谦虚的故事在今天仍然有教育意义。我们应该时刻记住：水满而溢，人满而骄！

满了吗

过去有一个年轻的出家人跟随师傅进山修行，他每天担水砍柴和师傅一起阅读经文。一晃，三年过去了，他觉得自己修行的差不多了，于是他对师傅说："师傅，我跟您学习三年了，该期满出山了吧？"师傅没有说什么，要他第二天到河边再告诉他自己的决定。

第二天，年轻出家人如约来到河边，师傅已经在岸边打坐等着他了。他到了之后问师傅："师傅，把您的决定告诉我吧。"师傅说："不忙，你先想办法把我面前的钵盂装满吧。"出家人于是在河滩上捡了很多鹅卵石装在了钵盂里，对师傅说："师傅，装满了。"师傅看了看满满一钵盂的石子，随手抓了一把沙子放到石子上，沙子很快顺着石子的缝隙不见了，师傅问到："满了吗？"出家人见状，忙捧了很多沙子放到钵盂里，直到再也装不进，他又对师傅说："师傅，这回满了。"师傅没有说话，用碗舀了一碗水倒到钵盂里，

你认为满了吗?

水马上就不见了,然后,师傅问那个年轻的出家人:"满了吗?"年轻的出家人忙跪倒在师傅面前,说:"师傅,弟子全都明白了。"

给女孩的话

看了这个故事，你明白了什么呢？是的，每一个人都有自满的时候，当你觉得自己已经很好了，请读一读这个故事，你就会知道，学无止境，我们永远会有不足之处，应当保有一份谦虚的美德。

最成功的愿望

一家人吃年夜饭。"谈谈你们的新年愿望!"父亲对三个孩子说:"看看谁的最高明!"

"我的愿望是每门功课都考第一,然后升入名牌大学!"刚进高中的大儿子充满信心地说。爸爸妈妈微笑着点了点头。

"我的愿望是不惹爸妈生气!以后学习不忙的时候多帮爸爸干活。"一向乖巧的二儿子说。坐在他旁边的妈妈爱抚地用手抚摸了一下他的头。

轮到最小的女儿说她的愿望了,大家都看着她。"我没有愿望……"小女儿冲口而出。大家都疑惑地瞪大了眼睛。"我只知道我想要一套童话书,我必须自己存钱,我今天已经把爸爸妈妈给的压岁钱存起来了。"

听完了小女儿的话,爸爸说:"孩子们,你们都很懂事,也都在新年快要来的时候给自己定下了目标,这很好。但

把行动放在第一位的做法非常可贵，
我认为你们小妹妹的想法是最值得称赞的！

我要自己存钱
买一套童话书！

是，我觉得你们小妹妹的话是最值得称赞的，因为，她在你们都在设想愿望的时候已经开始做了，这种把行动放在第一位的做法非常可贵。"

给女孩的话

　　是的，拥有理想与愿望固然可贵，但是，只有尽快地付诸行动，你的理想才有可能实现而不沦为空想。

齐国人学艺

古时候，有一种乐器叫作瑟，发出的声音非常悦耳动听。赵国有很多人都精通弹瑟，使得别的国家的人羡慕不已。

有一个齐国人也非常欣赏赵国人弹瑟的技艺，特别希望自己也能有这样的本领，于是就决心到赵国去拜师学弹瑟。

这个齐国人拜了一位赵国的弹瑟能手做师傅，开始跟他学习。可是这个齐国人没学几天就厌烦了，上课的时候经常开小差，不是找借口迟到早退，就是偷偷琢磨自己的事情，不专心听讲，平时也总不愿意好好练习。

学了一年多，这个齐国人仍弹不了成调的曲子，老师责备他，他自己也有点慌了，心里想：我到赵国来学了这么久的弹瑟，如果什么都没学到，就这样回去哪里有什么脸面见人呢？想虽这样想，可他还是不抓紧时间认真研习弹瑟的基本要领和技巧，一天到晚都只想着投机取巧。

　　他注意到师傅每次弹瑟之前都要先调音，然后才能演奏出好听的曲子。于是他琢磨开了：看来只要调好了音就能弹好瑟了。如果我把调音用的瑟弦上的那些小柱子在调好音后都用胶粘牢，固定起来，不就能一劳永逸了吗？想到这里，他不禁为自己的"聪明"而暗自得意。

　　于是，他请师傅为他调好了音，然后真的用胶把那些调好的小柱子都粘了起来，带着瑟高高兴兴地回家了。

　　回家以后，他逢人就夸耀说："我学成回来了，现在已经是弹瑟的高手了！"大家信以为真，纷纷请求他弹一首曲子来听听，这个齐国人欣然答应，可是他哪里知道，他的瑟再也无法调音，也弹不出完整的曲子来了。于是他在家乡父老面前出了个大洋相。

给女孩的话

　　这个齐国人失败的原因在于，他忘记了学习是一个循序渐进的过程，没有捷径可走。不脚踏实地一步一步走，只有自取其辱。我们只有坚持不懈地认真学习、努力钻研，才不会重蹈这个齐国人的覆辙。

做到最重要

约翰是一个聪明的小男孩，在他很小的时候，他的叔叔就和他们一家人住在一起。叔叔独身一人，是个安静和蔼的人，他非常喜欢打猎和钓鱼。约翰非常喜欢和叔叔一起玩耍，一起到田里干活。

初夏的一天，约翰和叔叔一起去钓鱼，他的心里非常兴奋。走在路上，四周安静而甜蜜，树木的影子投射到他们身上，阳光仿佛被打碎了，在他们身上投下点点金光闪闪的影子。鸟儿的鸣叫在小约翰听来是那么悦耳。

叔叔的经验非常丰富，他知道哪个地方是鱼喜欢聚集的，就把小约翰安置在那里。约翰学着叔叔的样子，把鱼线投放到水里，焦急地等待着鱼儿咬钩，半天过去了，可是，约翰一点收获也没有。他有点失望了。叔叔安慰他，"再试试看！"突然，鱼漂沉入水面下面去了，然后又浮上来——终于有鱼上钩了！

做到比说到更重要！
这是真理哦！

约翰用力一拉，拉上来的是一团水草。但是这还是鼓励了约翰，他于是又开始一遍一遍卖力地抛出鱼线，可总是一无所获。正在约翰准备放弃的时候，突然，什么东西拽住了约翰的鱼线，将它拖入水中。约翰用力把鱼线拉起，在鱼线尽头，一条银光闪闪的小鱼挂在鱼钩上。约翰回头激动地对叔叔喊："叔叔，我终于钓到了！"

"还没有呢！"叔叔说。就在叔叔话音刚落，那条鱼挣脱了鱼钩，掉回水里。约翰无比懊恼地把鱼竿扔到地上。叔叔重新把鱼饵放上，慢慢地对约翰说："孩子，除非你已经把鱼放到鱼篓里，千万别事先就说出你已经成功了，做到比说更重要。"

给女孩的话

记得，做到比说到更重要，这是一个真理。

"六尺巷"的故事

　　"六尺巷"位于安徽省桐城市老城区西南角，始建于清朝康熙年间，原本此地为清代文华殿大学士张英、武英殿大学士张廷玉的府邸。小巷长100米，宽2米，鹅卵石路面，巷的一边为"宰相府"张宅，另一边为吴宅。张英及张廷玉父子在康熙乾隆年间连任首辅军机大臣，深受朝野重视和赞誉，这除了他们满腹学问和对朝廷的耿耿忠心，为人处事忍让宽容也是重要的原因。"六尺巷"的故事就是例证。

　　《桐城县志略》记载：张英在北京朝廷任职时，他在安徽桐城的家人和邻居因建房占地闹起纠纷，互不相让。张家人便给当大官的张英写信讲了此事，希望他出面干涉，给对方施压。张英看信后，并没有倚仗自己官威欺压邻居，而是回信说："千里来书只为墙，让他三尺又何妨？万里长城今犹在，不见当年秦始皇。"张家人看完，便主动让出三尺空地。邻居见到也深受感动，也将墙退回三尺，两家和好如初，这就是"六尺巷"的由来，至今传为美谈。

六尺巷

给女孩的话

事情往往就是这样，忍让一时，看似吃了亏，其实反而是赢得了更多的东西。也就是忍让一时，享誉一世了。

张良忍得兵书

张良，字子房。汉初功臣，与韩信、萧何合称"汉三杰"。祖父、父亲原均是韩国宰相。韩被秦灭亡后，他在博浪沙行刺秦始皇未中，改名逃亡到下邳藏匿。据《史记·留侯世家》记载：他有一次在下邳桥上散步，遇到一位穿布短衣的老者，那老人故意将自己的鞋子扔到桥下，喝令张良到桥下给他取鞋。张良非常生气，但看他年迈，就忍着性子给老者取回鞋。可那老者又命张良给他穿上，张良又跪着替他穿好。老人一声未谢，只是笑笑就走了。没有走多远，老人又回来，对张良说："你这孩子还不错，可以教导，五日后天明时，在这里和我会面。"张良点头答应。

五日以后，天刚明，张良来到桥上，见老人已先到，老人生气地指责张良失信，与老人约会不应迟到，并说："再过五日早点来。"

五日后，鸡刚啼鸣，张良就到桥上，可老人已站在桥上

读了这部书你就可以做帝王的老师了！

等他。老人转身就走，生气地说："过五天再早点来。"

又过了五日，这一回张良半夜就到桥上等。不久，老人来了，很高兴，夸奖张良这一次没有失约。老人拿出一部书，说："读了这部书，就能做帝王的老师了，10年后就会得到验证。13年后，我们会在济北见面，谷城山下的黄石就是我。"说完话，老人就走了。天明以后张良看老人送的书，原来是《太公兵法》。相传张良得此兵书，才干大增，后来成为刘邦的重要谋士，创立了自己的功业。

给女孩的话

张良的谦忍让他得奇书成大业，而我们在遇事时能够忍让一时，得到的是我们自身品格的提升。

善良成就未来

弗莱明是一个穷苦的苏格兰农夫，有一天当他在田里工作时，听到附近泥沼里有人发出求救的喊声。于是，他放下农具，跑到泥沼边，发现一个小孩掉到了里面，弗莱明忙把这个孩子从死亡的边缘救了出来。

隔天，有一辆崭新的马车停在农夫家，走出来一位优雅的绅士，他自我介绍是那被救小孩的父亲。绅士说："我要报答你，你救了我儿子的生命。"农夫说："我不能因救了你的小孩而接受报答。"

就在这时，农夫的儿子从屋外走进来，绅士问："这是你的儿子吗？"农夫很骄傲地回答："是。"绅士说："我们来个协议，让我带走他，并让他接受良好的教育。假如这个小孩像他父亲一样，他将来一定会成为一位令你骄傲的人。"

农夫答应了。后来农夫的儿子从圣玛利亚医学院毕业，成为举世闻名的弗莱明·亚历山大爵士，也就是盘尼西林

盘尼西林！！

help!

（青霉素）的发明者。他在 1944 年受封骑士爵位，且得到诺贝尔奖。

数年后，绅士的儿子染上肺炎，是盘尼西林救活了他的命。那绅士是谁？上议院议员丘吉尔。他的儿子是谁？英国政治家丘吉尔爵士。

给女孩的话

　　一个农夫一点点善良，竟然给世界带来了如此重大的变化，善莫大焉。

两只小熊

在大山深处的森林里，住着一只母熊，她有两个孩子。

这两只小熊一天天地长大，母熊知道不能让它们总留在自己身边，他们应该到外面去找寻自己的生活。母熊让两个孩子离开，临走时，母熊把他们搂在怀里，说："我的孩子，你们该出去见识外面的世界，但是你们要记住，你们两个人千万不要分开，要相互友爱，要关心对方。"

两只小熊点点头，说："我们记住了，妈妈。"

母熊说："你们记住，只有关心对方，你们才能不受坏人的欺负。"

两只小熊抱了抱妈妈，转身离开了。他们走出森林，来到山脚下，顺着小河向前面走。他们走啊，走啊，走累了，就吃妈妈给他们带的干粮。一天过去了，一个月也过去了，他们的干粮快要吃完了，只剩下了一个饼。

两只小熊都想吃这个饼。熊弟弟说："哥哥，我肚子饿，

我要吃饼。"

"我也要吃，我比你还饿呢！"熊哥哥生气地说。

熊弟弟说："我小，你应该让着我。"

熊哥哥说："我个子大，我应该先吃。"

两只小熊忘了妈妈的话，忘了互相关心，只是想着那个饼。

他们俩吵啊吵啊，一只狐狸悄悄地溜了过来。

"喂，两个小家伙，你们吵什么呢？"

他们告诉狐狸为什么争吵。

"原来是为了这个呀，太好办了，让我给你们出个主意。你们把饼分成两半，一人半个饼，不就都可以吃了吗？"

两只小熊觉得很有道理，就把饼交给了狐狸。

狐狸把饼掰成两半，他故意掰得一块大一块小。

两只小熊忘了要互相友爱，只盯着大的一块，又争起来。

狐狸说："别急，我现在就来把它变成一样大。"说着他在大的那一块上狠狠地咬了一口，这块饼变得比那一块还小了。他又把那一块咬了一口，又比这一块小了……就这样，狐狸咬了这块咬那块，最后，两块饼都只剩下了一点点。

狐狸把两小块饼递给小熊："现在，它们一样大了。"说完，赶紧溜走了。

两只小熊看着手里一点点的饼，才发现自己上了狐狸的当。

小朋友们，他们为什么会受狐狸的骗呢？

嘿嘿!
这两个小傻瓜!

给女孩的话

　　两只小熊受了狐狸的骗,是因为他们忘了妈妈的话,忘了应该互相友爱,互相关心。如果他们能够互相关心,就不会为一点小事争吵,更不会给坏人可乘之机。小朋友们,你们应该记住,要关心自己的小伙伴,和别的小朋友团结友爱,这样,什么困难都能够克服。

孝顺的白象

久远的过去，有两个国王，一是迦施国王，一是比提国王。比提王因为拥有一只力大无穷的香象，总是轻而易举地就把迦施王的军队打败，迦施国王为了一雪前耻，便对全国下达命令："若有人能为国王抓来强壮的香象，必定重赏。"

当时，在山里住了一只大白香象，被人发现了，国王立刻派军队上山围捕。这只强壮的大象竟然丝毫没有逃跑的意思，温驯地被带回了宫中。国王得到这头珍贵的白香象非常欢喜，为它盖了一个漂亮的屋子，里面铺了非常柔软的毯子，又给它上好的饮食，还请人弹琴给它听，可是香象却始终不愿意进食。迦施王非常着急，亲自来看这头香象，问道："你为什么不吃东西呢？"香象回答："我的父母住在山里，年纪又老，眼睛也瞎了，无法自己去找水草来吃，一定饿坏了，只要想到这里，我就难过得吃不下东西……大王，您能不能放我回去孝养父母，等将来父母老死了，我会主动

回来为陛下效命。"迦施国王听了深受感动，便放这头香象回到山中，同时颁令，全国皆要孝养、恭敬父母，若不孝者，将处以重罪。

过了几年，老象死了，大香象依约回到王宫，迦施王高兴极了，立刻派它进攻比提国。但是，香象却反倒劝国王化干戈为玉帛，并愿意前往比提国，作和平的使者，果然，香象真的化解了怨结，使两国人民都能安居乐业。

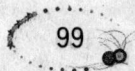

给女孩的话

俗话说：百善孝为先。父母给了我们生命，我们用一生回报也是难以报答完全的。

小松鼠找朋友

小松鼠生活在森林里，它想和其他的小动物交朋友。小松鼠在树上跳来跳去，从一棵树蹦到另一棵树，在森林里逛，想遇到可以做朋友的小动物。

跳着跳着，它看到地上有一只小刺猬。小刺猬浑身都长满了刺，地上有从树上掉下来的果子，小刺猬只要把身体蜷起来，打个滚，就把那些果子都串在了身上。小松鼠看到了，觉得这个小伙伴可真有本事啊，可以做自己的朋友，就跳下树来，对小刺猬说："我是小松鼠，想和你交个朋友，可以吗？"

小刺猬看到小松鼠的尾巴又长又大，像个降落伞似的，小松鼠轻轻松松地从那么高的树上跳下来，很喜欢它，就说："好啊，好啊！"

他们俩就在森林里玩了起来，突然，小松鼠不小心碰到了小刺猬，被小刺猬身上的刺扎到了，小松鼠疼得直叫。小

松鼠不高兴了，开始嫌弃这个不能靠近的朋友，就找了个借口离开了小刺猬，不想和它做朋友了。

小松鼠在森林游逛了一会儿，看到了一只老狼在追一只小兔子，小兔子跑得快极了，很快就把老狼甩在了后面。小松鼠想："它跑得那么快，这才是一个有本事的朋友啊！"小松鼠就和小兔子做起朋友来。可是，没过多久，小松鼠发现，小兔子的眼睛总是红红的，像是得了红眼病。小松鼠又开始担心，怕真被小兔子传染上什么毛病，就又离开了小兔子，继续往前走。

小松鼠在森林里看到了一只小狗，那是猎人家的小猎狗，刚刚和猎人打猎回来。小松鼠想："哎呀，它能帮助猎人打猎，真是一只能干的小狗啊，我应该和他交朋友。"它走过去，对小狗说："我在森林里找了好久，终于找到你了，我想和你做朋友，好吗？"

小狗说："你难道没有遇到别的朋友吗？"

小松鼠说："我遇到过小刺猬，但是它身上都是刺；我也碰到了小兔子，可是它眼睛红红的，我怕它传染给我红眼病。我又遇到了你，我觉得你最好，它们都比不上你。"

小狗听完小松鼠的话，想了想，说："对不起，我不想和你做朋友。因为，如果有一天，你发现了我的缺点，你也会不喜欢我啦。"

如果你发现了我的缺点，也会不喜欢我的，所以，我不要和你做朋友！

我觉得谁都比不上你，我们做朋友吧？

给女孩的话

世界上没有十全十美的人，每个人都会有自己的缺点，但是，我们在和朋友交往的时候，不要只看别人的缺点，应该注意人家的长处。应该包容朋友的缺点，学习朋友的优点，这样我们才能更好地和朋友相处。

包拯孝敬父母的故事

包拯（公元 999－1062 年），字希仁，庐州合肥（今安徽合肥市）人，父亲包仪，曾任朝散大夫，死后追赠刑部侍郎。包拯少年时便以孝而闻名。

在宋仁宗天圣五年，包拯中了进士，当时 28 岁。先任大理寺评事，后来出任建昌（今江西永修）知县，此时是他仕途非常顺利的时候，但是，要到远地为官，父母年老不愿随他到他乡去。在那时候有一个礼法要求，如果父母只有一个儿子，儿子外出做官，父母就随同到任所，以让儿子养老。但是，包拯的父母年老体弱，无法承受长途的颠簸，他们就提出让包拯自己去上任。包拯知道父母的决定后，便马上辞去了官职，回家照顾父母。这对一个仕途正顺利的人来说是非常难得的。他也因他的孝心受到了官吏们的众口称颂。

几年后，父母相继辞世，包拯这才重新踏入仕途。这也

父亲，母亲，再加些热水吧！

是在乡亲们的苦苦劝说下才去的。

　　包拯踏入仕途以后的成就是有目共睹的，可以做我们现在人的表率。这个故事让我们在了解包拯的铁面无私之外更了解了他另外一个方面的品德。

给女孩的话

古人曾说：树欲静而风不止，子欲养而亲不在。孝顺父母，让我们从今天开始，从现在开始。

其他

相由心生

一位雕塑家有一天突然发现自己的面貌越来越丑了，这个"丑"，并不是肤色、五官变丑了，而是他发现自己的神情怎么看都是狡诈的，恶毒的或者是古怪的，这就让自己看起来是那么难看。

于是，他便访名医，吃了无数的药，讨要了无数的"偏方"，但是始终没有人能够解决他的问题。他依然觉得自己面目狰狞，丑陋无比。

一个偶然的机会，他游历一座庙宇的时候，那里的方丈看看他问："施主是不是遇到了什么难事？"雕塑家把自己的苦恼告诉了长老。长老告诉他说："我可以治好你的病，但不能白治，你必须为我雕塑几尊神态各异的观音像作为回报。"雕塑家抱着试试看的心态接受了这个条件。

观音在中国传统文化中是慈祥、善良、宽仁、圣洁的化身，这些美德表现在观音像的面貌神情上就是安详、宁静、

慈眉善目。雕塑家在雕塑的过程中，他为了把观音像雕得更加生动形象，不断地琢磨、研究，几乎达到了忘我的境地，有时候他甚至觉得自己就是观音了。

半年后，工作完成了，同时，他惊喜地发现自己的相貌变得端正安详，和善平易。他非常高兴，忙去感谢长老治好了自己的病。长老说："是你自己治好了自己的病。以前，你一直雕塑夜叉、魔鬼，久而久之，你的神情中也就有了他们的相貌，这半年，你全心全意地雕塑观音像，也就有了观音的神情了，这也就是所谓的相由心生啊。"

给女孩的话

是的，相由心生，当我们内心平和宁静的时候，我们的面貌、举止、言谈、气质都会随之变得美好起来。女孩子沉静的气质形成，也应该先从自己内心修养开始。

小鲨鱼的贪婪

　　深海里，一只小鲨鱼长大了，开始和妈妈一起学习觅食，它逐渐学会了如何捕捉食物。妈妈对它说："孩子，你长大了，应该离开我去独自生活。"鲨鱼是海底的王者，几乎没有任何生物能伤害它，所以虽然妈妈不在小鲨鱼的身边，但还是很放心。它相信，儿子凭借着优秀的捕食本领，一定能生活得很好。

　　几个月后，鲨鱼妈妈在一个小海沟里见到了小鲨鱼，它被儿子吓了一跳。小鲨鱼所在的海沟食物来源很丰富，它就是被鱼群吸引到这里的，小鲨鱼在这里应该变得强壮起来，可是它看上去却好像营养不良，很疲惫。

　　究竟出了什么问题呢，鲨鱼妈妈想。它正要过去问小鲨鱼，却看见一群大马哈鱼游了过来，而小鲨鱼也来了精神，正准备捕食。

　　鲨鱼妈妈躲在一边，看着小鲨鱼隐蔽起来，等着大马哈

鱼到自己能够攻击到的范围。一条大马哈鱼先游过来，已经
游到了小鲨鱼的嘴边，也丝毫没有感觉到危险。鲨鱼妈妈
想，这下儿子一闭嘴就可以美餐一顿，可是出乎它意料的
是，儿子连动也没有动。

　　两条、三条、四条，越来越多的大马哈鱼游近了，可是
小鲨鱼却还是没有动，盯着远处剩下不多的大马哈鱼。这个
时候小鲨鱼急躁起来，凶狠地扑了过去，可是距离太远，大
马哈鱼们轻松摆脱了追击。

　　鲨鱼妈妈追上小鲨鱼问："为什么不在大马哈鱼在你嘴
边的时候吃掉它们？"小鲨鱼说："妈妈，你难道没有看到，
我也许能得到更多，更大的。"

鲨鱼妈妈摇摇头说："不是这样的，欲望是无法满足的，但机会却不是总有。贪婪不会让你得到更多，甚至连原来能得到的也会失去。"

给女孩的话

其实人又何尝不是这样，有些时候，得不到的原因不是你没努力，而是你的心放得太大，来不及收网。所以我们应该学会适时地放弃一些不切实际的想法和欲望，这样才有可能让我们在一次次的成功中慢慢成长起来。

一双鞋

在印度马德里东北部的朱木拿河畔，有一座坟墓，墓主人叫甘地。

甘地生前有一次外出，在火车将要启动的时候，他急匆匆地踏上车门，不小心一只脚被车门夹了一下，鞋子掉在了车门外。火车启动后，他没有犹豫，随即将另一只鞋脱下来，也扔出窗外。

一些乘客不解地问他为什么要把另一只鞋也丢掉，甘地说："如果一个穷人正好从铁路旁经过，他就可以得到一双鞋，而不是一只鞋。"

甘地被当地人尊称为"圣雄"。

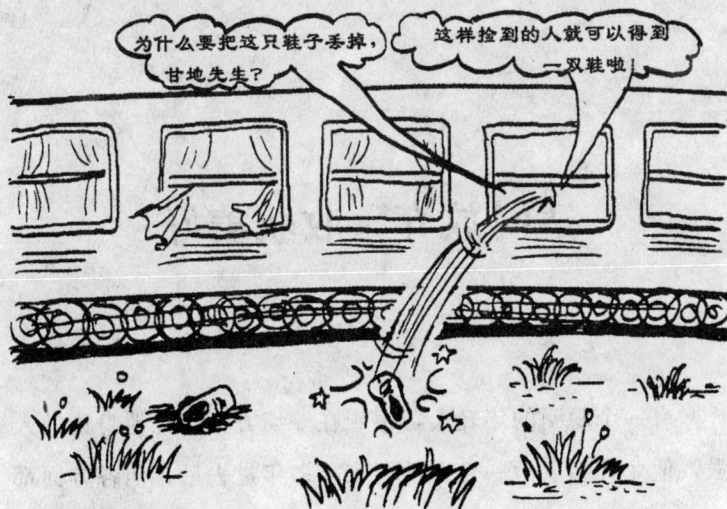

为什么要把这只鞋子丢掉，甘地先生？

这样捡到的人就可以得到一双鞋啦

给女孩的话

当你的舍弃能够给他人带来一些利益的时候，你能不能选择放弃那对你来说也许根本没有意义的东西呢？希望你能，希望你在小小的放弃中培养自己伟大的品格。

适时放弃，收获美好

有一个聪明的年轻人，很想在一切方面都比他身边的人强，他尤其想成为一名大学问家。多年过去后，他各方面都有一些长进，但是离大学问家的距离还十分遥远。他很苦恼，就去向一位大师求教。

大师说："我们登山吧，到山顶你可能就知道该如何做了。"

那山上有许多晶莹的小石头，煞是迷人。每见到他喜欢的石头，大师就让他装进袋子里背着。很快，他就吃不消了。"大师，再背，别说到山顶了，恐怕连动也不能动了。""是呀，那该怎么办呢？"大师微微一笑。"该放下。"年轻人说。"那你为何不放下呢？背着石头怎么登山呢？"大师说。

是啊，晶莹的小石头也好，诱人的财富也罢，乃至诱惑我们的种种欲望，往往都是人生路途上的障碍。如果处理不当，过于贪恋，必将妨碍人们真实、真正、富有诗意的生

活。生活的目的并不在于获取过多的晶莹石头。地位、财富、名气、权势、辉煌的事业，充其量不过是人生的点缀或装饰品，不过是一些可以向人炫耀的资本，绝非生活的根本，也非生活的本意。

给女孩的话

美学家朱光潜曾说过：人生第一桩事是生活。人生是"享受"，是"领略"，是"培养生机"，假如为财富为事业而忘却生活，那种财富事业在人生中便失去意义与价值。

因此，知道放弃，舍得放弃，才能让自己在有限的生命里生活得充实、饱满、旺盛，才能真正体验到生命的美好。

放弃与禅理

一天，日本国内有位知名的大学教授特地向日本著名禅师南隐问禅。南隐以礼相待，却始终不说禅，教授有些着急了，于是，禅师将茶水注入这位教授的杯子，杯子已满还在继续注入。

这位教授眼睁睁地望着茶水不停地溢出杯外，终于不能沉默了，大声说道："已经溢出来了，不能再倒了。"

"你就像杯子，"南隐答道："里面装满了你自己的看法，你不先把自己的杯子倒空，让我如何对你说禅？"

给女孩的话

　　南隐禅师的话揭示了这样的道理：有时候，如果我们只抓住自己的东西不放，就很难接受别人的东西。学会放弃一些固有的陈旧的东西，才有可能有新的东西填充你自己的头脑。

麦子的哲学

西方流传着这么一个故事：一个农夫向上帝祈祷："全能的主啊，您可不可以在一年的时间里，不要大风雨，不要烈日干旱，不要有虫害？"上帝说："好吧，明年不管别人如何，一定如你所愿。"

农夫本以为，没有了旱涝虫灾，庄稼会长势喜人。可等到收成的时候，奇怪的事情发生了：农夫的麦穗里竟是瘪瘪的，没有什么籽粒。农夫大惑不解，他向上帝问道："仁慈的主啊，这是怎么回事，您是不是搞错了啊？"

上帝说："我没有搞错什么，因为你的麦子避开了所有的考验，麦子变得十分无能。对于一粒麦子，努力奋斗是不可避免的。一些风雨是十分必要的，烈日是必要的，甚至蝗虫也是必要的，因为它们可以唤醒麦子内的灵魂。"

我没有搞错什么，是你的麦子的问题。

仁慈的上帝啊，这是怎么回事儿？您是不是搞错啦！

给女孩的话

　　不经历风雨，怎么见彩虹。麦子如此，人更如此。所以，当你遭遇困境、厄运的时候，希望你记得麦子的故事，勇敢地去面对那一切，因为，那是你走向成功的必经之路。

困境的价值

有一天，素有森林之王之称的狮子，来到了天神面前："我很感谢你赐给我如此雄壮威武的体格、如此强大无比的力气，让我有足够的能力统治这整座森林。"

天神听了，微笑地问："但是这不是你今天来找我的目的吧！看起来你似乎为了某事而困扰呢！"

狮子轻轻吼了一声，说："天神真是了解我啊！我今天来的确是有事相求。因为即使我的能力再强，每天鸡鸣的时候，我也总是会被鸡鸣声给吓醒。神啊！祈求您，再赐给我一个力量，让我不再被鸡鸣声给吓醒吧！"

天神笑道："你去找大象吧，它会给你一个满意的答复的。"

狮子兴匆匆地跑到湖边找大象，还没见到大象，就听到大象踩脚所发出的"砰砰"响声。

狮子加速地跑向大象，却看到大象正气呼呼地直踩脚。

你去找大象吧，它会给你答案！

天神啊，求你不要让我再怕鸡鸣吧！

　　狮子问大象："你干嘛发这么大的脾气？"

　　大象拼命摇晃着大耳朵，吼着："有只讨厌的小蚊子，总想钻进我的耳朵里，害得我都快痒死了。"

　　狮子离开了大象，心里暗自想着："原来体型这么巨大的大象，还会怕那么瘦小的蚊子，那我还有什么好抱怨呢？毕竟鸡鸣也不过一天一次，而蚊子却是无时无刻地骚扰着大象。这样想来，我可比他幸运多了。"

　　狮子一边走，一边回头看着仍在跺脚的大象，心想："天神要我来看看大象的情况，应该就是想告诉我，谁都会遇上麻烦事，而它并无法帮助所有人。既然如此，那我只好靠自己了！反正以后只要鸡鸣时，我就当作鸡是在提醒我该起床了，如此一想，鸡鸣声对我还算是有益处呢！"

给女孩的话

在人生的路上，有的人无论走得多么顺利，但只要稍微遇上一些不顺的事，就会怨天尤人，或者自暴自弃，觉得自己一无是处。但是，应该记住，每个困境都有其存在的正面价值，那就是培养我们勇敢、平静地面对一切的精神。

鳗鱼的故事

古代的时候，日本渔民每天都出海捕鳗鱼，因为船舱很小，很多的鳗鱼挤在舱里，所以回航的时候鳗鱼差不多都死光了。

可有一位渔民，他的船舱及捕鱼的工具跟别人没有什么不同，但他每次回航时候鳗鱼都是欢蹦乱跳的。所以他的鳗鱼卖很好的价钱，甚至比别人的贵一倍。不出几年这个渔民就成了富翁。很多人向他打听怎样才能延长鳗鱼的生命，但他始终没有说什么。直到他弥留之际才将这中间的秘密告诉他的儿子：原来他在装鳗鱼的船舱里放上一些鲶鱼。鳗鱼和鲶鱼是天生一对敌人，鳗鱼和鲶鱼在一起，为了对抗鲶鱼的攻击就被迫竭力反抗，这样处于战斗状态，鳗鱼的生存本能被充分地调动起来了，所以他们的生命力也就旺盛些，最后能活下来。他还对儿子说，其他人的鳗鱼之所以死，是因为那些鲤鱼知道自己被捕了等待它们只有死路一条，生的希望破灭了，所以在船舱过不多久就死光了。

给女孩的话

　　鳗鱼的故事告诉我们：一定要勇于接受挑战，因为在挑战面前生命才充满生机和希望。

12.5 美元让我学会负责

一天，天气晴朗，微风轻轻地吹着，一群男孩子在社区的草坪上进行着一场激烈的足球比赛。他们一个个都那么专注，在他们小小的心灵里面，把每一场比赛都看得很重要。

一方犯了一个严重的错误，对方获得了一个点球。发球方派出了一个个子很高的男孩，虽然他才刚刚11岁，但脸庞上已经透出几分英俊的气息。他胸有成竹地站在距离足球一米多远的地方，先是自信地看了看对方的守门员，然后助跑、踢球。皮球随着小男孩抬脚飞了出去，然而，让所有人没有想到的是，球越过球门，飞向了旁边一家临街的窗户，只听"哗啦"一声，玻璃窗已经碎了。其他的孩子见势不妙一哄而散，那个男孩不知道是吓傻了还是别的原因，他站在那里没有动。这时，房子的主人出来了，他看了看小男孩，说："玻璃是你打破的吧？"小男孩低下了头。房子主人又

通过这一年的努力，我希望你明白自己做的事一定要自己负责！

说："你必须想办法把玻璃安上！就明天！大约需要 12.5 美元。"然后没再多说什么，径直回去了。

小男孩沮丧地回到家里，他打开自己的储蓄罐，但是因为自己置办足球鞋，积蓄已经花光了。怎么办呢？小男孩踌躇很久，最终还是决定把事情对父亲说。父亲听完他的话对他说："你犯了错没有逃跑，这很好。至于 12.5 美元，我可以先给你，但是，你必须在一年内还给我，那只是我借给你的。"男孩点头答应了。

为了还给父亲那 12.5 美元，小男孩从那个周末开始，每个周末都要去给别人送报纸，送牛奶，剪草坪，挣来的钱他全都攒起来。到了年底，他终于攒够了 12.5 美元，双手

捧着递到父亲面前。

　　父亲见了，对他说："我不是一定要让你还给我那12.5美元，我只是通过这一年让你知道，自己做的事一定要自己负责！"男孩说："是的，爸爸，我已经知道了。"

给女孩的话

这个男孩就是后来成为美国总统的里根。他后来回忆说，正是那12.5美元让自己切实知道了，一个人应该为自己的行为负责。

小乐乐的责任心

一天，小乐乐的妈妈带他去市场买菜，忽然，小乐乐听见动听的歌声，原来在市场边上，有一位老爷爷正在卖蝈蝈。

"妈妈，妈妈，快过去，快过去，我要蝈蝈!"小乐乐紧紧拽着妈妈的衣服着急地说。

"在哪儿?"妈妈问。

"那边! 那边!"小乐乐一边用手指，一边从自行车的小椅子上站了起来。

妈妈顺着小乐乐手指的方向一看，可不是，一位老爷爷身边摆着十多个小木笼子，一群可爱的小蝈蝈在卖力地唱交响曲呢!

妈妈让小乐乐自己选了一个叫得最响的蝈蝈，可刚要付钱时，她又犹豫了。自己和乐乐的爸爸天天上班忙，要是有一天忘了喂，小蝈蝈还不得饿死? 除非小乐乐自己喂，因为

现在幼儿园放假。想到这儿，她对小乐乐说："乐乐，妈妈可以给你买蝈蝈，但因为爸爸和妈妈没时间喂，所以每天喂蝈蝈的任务只能小乐乐来做！"

小乐乐连忙点头说："行！行！"

就这样，小乐乐高高兴兴地把蝈蝈提回家。

开始一两天，小乐乐可细心了，总是及时把蝈蝈爱吃的胡萝卜呀、黄瓜呀、葱白呀给它吃，可几天后，小乐乐便喂得有些不耐烦了。

这天，小乐乐已经有三天没有给蝈蝈东西吃了。

第四天，小乐乐出去玩回来觉得有点不对劲。好象家里少了点什么。对了，是蝈蝈，已经好长时间没有听到它的歌声了。想到这，小乐乐急忙跑到阳台的小笼子边看。天哪！别说蝈蝈，就连笼子都不见了。蝈蝈肯定饿死了，笼子也被

妈妈扔掉了。呜呜……小乐乐伤心地哭起来，都怪自己不好，不好好照顾蝈蝈。

妈妈听到小乐乐的哭声走过来说："你知道吗？你已经三天没给小蝈蝈吃东西了，你想它能不饿死吗？你是个乖孩子，应该知道，你把蝈蝈带回家就等于它已经是你的朋友了。做朋友要负责任的，你看，因为你的不负责任，你失去了一位好伙伴。"

小乐乐听了，哭得更伤心了。

这时门铃响了，妈妈让小乐乐去开门，小乐乐打开门一看，是楼下的丁丁，只见他手里还提着一个小笼子。小乐乐一眼就认出来了，那里面活蹦乱跳的正是自己的蝈蝈。

原来，乐乐买来蝈蝈后放在阳台上，丁丁也从此每天可以聆听蝈蝈欢乐的歌声，可有一天，他听到蝈蝈的歌声特别无力，于是上楼来看，乐乐的妈妈便请小丁丁代为保管几天。

"太谢谢你了，丁丁！"小乐乐感激地说，"以后，我一定向你学习，做一个负责任的乖孩子！"

夜深了，城市的四周，一切都安静下来，小乐乐望了望身边的小丁丁，小丁丁望了望小乐乐，他们都开心的笑了。

给女孩的话

做一个有责任心的孩子才不会失去朋友。

不假公济私的伍子胥

伍子胥本是楚国人,他的父亲和兄长由于奸臣的陷害,被昏庸的楚王杀害了。伍子胥因此受到牵连只有逃到了吴国。

吴王早就听说伍子胥是一个人才,所以非常重用他。在吴国做臣子的伍子胥为国事竭尽全力,鞠躬尽瘁。但是父兄的仇没有报,他心里一直非常难受,经常愁眉不展。

吴王看到这种情形,就对伍子胥说:"伍将军,本王想要攻打楚国,你看如何?"伍子胥说:"大王,攻打楚国是咱们早晚要做的事,但是现在时机还不成熟,盲目出兵只会失败。"吴王又说:"本王也是想帮助伍将军早日报却家仇呀!"伍子胥说:"大王,发动战争会劳民伤财,造成生灵涂炭,从而削弱吴国的国力,我既然做了吴国的臣子,就要为吴国的利益考虑。不能因为自己的私仇而让无辜的士兵、百姓去送死。"吴王听完连连赞叹伍子胥的远见卓识和宽大胸襟。

后来伍子胥潜回楚国，寻找机会刺杀楚王，功夫不负有心人，终于杀了昏君为全家报了仇。其实，当时他完全可以接受吴王的建议，借吴国的势力为自己报私仇，可他却深明大义，不假公济私。这段佳话广为流传。

给女孩的话

　　正直往往与无私结伴而行，只有不存私念，才有可能真正成为一个正直的人。

正直更可贵

　　某公司要聘任一位营销部负责人，但是始终没有遇到合适的人选，就在人事经理无比失望时，进来一位干练的年轻人。他把自己的简历递给人事经理，简历显示，这是一位原来供职于某大公司，很有经验的营销人员。人事经理马上决定聘用这个人，在签订合同之前，人事经理有意无意地问道："你原来的工作条件那么好，为什么到我们这个乡镇企业来了呢？"但那个人低下头不作声。人事经理没有再问下去，他觉得或许这个人有什么难言之隐吧。

　　几天后，那个年轻人来上班了，他去见了总经理，总经理看了他的简历，也问道："你为什么放弃了大公司的职位，到我们这个小地方来了呢？"年轻人沉吟了一下，说："好吧，我告诉你们吧。我在以前的公司负责营销，但因为酒后跟人打架被拘留了，后又被公司开除了。在原来的圈子里，认识我的人太多，不好再找工作，所以我才到这里，我想重

新开始。我说完了,我知道我身上有污点,你们不会再录用我了,但是,隐瞒实情我实在不舒服。"说完,年轻人鞠了一个躬准备离开了。

　　总经理听完他的话又看了他的简历,沉吟半晌,说:"你等等,我还是决定聘用你。因为经验宝贵,诚实、正直更可贵。"

给女孩的话

诚实、正直的品质往往能够在人生的旅途中成就你。

善待别人

有一个人在拥挤的车流中开着车缓缓前进，在等红灯的时候，一个衣衫褴褛的小男孩敲着车窗问他要不要买花。他刚刚递出去五块钱绿灯就亮了，后面的人便猛按喇叭催着。因此他粗暴地对问他要买什么颜色花的男孩说："什么颜色都可以，你只要快一点就行了！"那男孩迅速地递给他一束鲜花，然后十分礼貌地说："谢谢您，先生！"

在开了一小段路后，他内心有些不安：自己粗暴无礼的态度，却得到对方如此有礼的回应。于是他把车停在路边，回头走向孩子表示歉意，并且给了他五块钱，要他自己买一束花送给喜欢的人。这个孩子笑了笑并道谢接受了。

当他回去发动车子时，发现车子出了故障，动不了了。在一阵忙乱之后，他决定步行找拖车帮忙。正在思索时，一辆拖车竟然已经迎面驶来，他大为惊讶。司机笑着对他说："有一个小孩给了我十块钱，要我开过来帮你，还写了一张纸条。"他打开一看，上面写着："这代表一束花。"

一个小孩给了我十块钱，要我开过来帮助您！

给女孩的话

　　助人，就是为自己在心里栽种了一束最美丽的花，它会让你的生命也变得美丽。

种花的邮差

有个小村庄里有位中年邮差，他从刚满二十岁起便开始每天往返五十公里的路程，日复一日将忧欢悲喜的故事，送到居民的家中。就这样二十年一晃而过，人、事、物几番变迁，唯独从邮局到村庄的这条道路，从过去到现在，始终没有一枝半叶，触目所及，唯有飞扬的尘土罢了。

"这样荒凉的路还要走多久呢？"

他一想到必须在这无花无树充满尘土的路上，踩着脚踏车度过他的人生时，心中总是有些遗憾。

有一天当他送完信，心事重重准备回去时，刚好经过了一家花店。"对了，就是这个！"他走进花店，买了一把野花的种籽，并且从第二天开始，带着这些种籽撒在往来的路上。就这样，经过一天，两天，一个月，两个月……他始终持续散播着花种籽。

没多久，那条已经来回走了二十年的荒凉道路，竟开起

了许多红、黄各色的小花；夏天开夏天的花，秋天开秋天的花，四季盛开，永不停歇。

种籽和花香对村庄里的人来说，比邮差一辈子送达的任何一封邮件都更令他们开心。

在充满花瓣的道路上吹着口哨，踩着脚踏车的邮差，不再是孤独的邮差，也不再是愁苦的邮差了。

给女孩的话

人生非常短暂，时光飞逝，何妨留下善行，提供后人乘凉？

严于律己的老太太

在美国一所大学的日文班里，突然出现了一个50多岁的老太太。开始大家并没感到奇怪。在这里，人人都可以挑自己开心的事做。可过了不长时间，同学们发现这个老太太并非是退休之后为填补空虚才来这里的。每天清晨她总是最早来到教室，温习功课，认真地跟着老师阅读。老师提问时她也会出一脑袋汗。她的笔记记得工工整整。不久同学们就纷纷借她的笔记来做参考。每次考试前老太太更是紧张兮兮地复习、补缺。

有一天，老教授对同学们说："做父母的一定要自律才能教育好孩子，你们可以问问这位令人尊敬的女士，她一定拥有有教养的孩子。"

一打听，果然，这位老太太叫朱木兰，她的女儿是美国第一位华裔女部长——赵小兰。

我们的老教授说
自律才能教育好孩子!
您老的自律精神
太让我们敬佩了!

不自律怎么
会有好成绩呢?

给女孩的话

自律,并不是成年人的专利。一个孩子,如果从小学会严格要求自己,那么她成年以后成功的机会会更大些。

木匠利兹

    利兹是一位技术精湛的木匠，而且他始终因为敬业和勤奋而深得老板和客户的信任、赞美。一晃几十年过去了，利兹已经是一位年老力衰的老人，他越来越感到力不从心了。于是，一天，他向老板提出了退休的要求，他说，想回家与妻子儿女一起享受天伦之乐。老板十分舍不得他，再三挽留，但是利兹去意已决。于是老板只好答应了他的请求，但是，老板提出让利兹再为自己盖好一座房子，然后就让他回家养老。

    利兹很高兴，因为他终于可以和妻子儿女团聚了，于是这最后的工作就让他觉得很不耐烦。盖房子的时候，他的心里想的只是如何和家人一起度过晚年生活。在用料上，工艺上都没有十分用心，有时候，连利兹自己都会觉得那活干得不好，但他并不以为意。这一切，老板看在眼里，但他什么也没有说。

什，什么？这，这个房子是给我的？
啊？！可是，我……我没好好……

几个月后，房子盖好了。利兹如释重负地去向老板辞行。老板拿出一串钥匙，对利兹说："作为这个公司的老职工，几十年以来你辛苦了，为了表彰你，我特别送你一份退休礼物，就是你刚刚建好的房子。"利兹听后愣住了，此时他的心里羞愧和悔恨难以言表。

利兹的一生建了无数的房子，都是精美绝伦的。可是，最后，他却因为不够自律，为自己在心里建了一座让自己后悔一生的房子。

给女孩的话

律己，是应该要保持一生的美德。